「小振りで、色も綺麗だ」
いちいち言葉にするなと言おうとしたが、言葉にならなかった
硬く張り詰めた先端をペロリと舐められたのだ。

ジュエル・ブライド
～花嫁はダイヤモンドの海に溺れる～

伊郷ルウ

Illustration
明神　翼

NOVELS

この物語はフィクションであり、実在の人物・団体・事件等とは、いっさい関係ありません。

Contents

ジュエル・ブライド ～花嫁はダイヤモンドの海に溺れる～・・・005

くちづけは二人だけで・・・・・・・・・・・・・・・・・・・・・・・・・203

あとがき・・・・・・・・・・・・・・・・・・・・・・・・・・・・・・・・・216

ジュエル・ブライド
～花嫁はダイヤモンドの海に溺れる～

第一章

秋の始まりを感じさせる風が吹き抜けていく昼下がり、倉科優斗《くらしなゆうと》は従兄《いとこ》の倉科東吾《とうご》と、パリの総合文化芸術センター〈ポンピドゥー・センター〉前の広場を歩いている。

国立近代美術館、公共情報図書館、映画館、多目的スペースなど、さまざまなセクションに分けられているこの巨大な建物は、パリにおける現代アートと文化の拠点だ。

建物正面にある広大な広場は、いつものように多くの観光客や地元の人々が集まり、華やかな賑《にぎ》わいがあった。

「ご馳走《ちそう》さま。僕はここでひと仕事していくから」

広場の中央で足を止めて笑顔で昼食の礼を言った優斗は、斜めがけにしている布製のとても大きなショルダーバッグを片手でポンと叩く。

見るからに重そうなバッグの中には、財布や携帯電話などの小物と一緒に、何冊ものスケッチブック、パステル、色鉛筆、さらには携帯用の簡易椅子《いす》が入っている。

優斗は芸術大学を卒業後、絵を学ぶためパリへと渡ってきた。親の反対を押し切ってのことだけに、援助はしてもらっていない。学生時代にアルバイトをして貯《た》めた資金を元に、安いアパートを借りて質素な暮らしをしながら、美術アトリエに通っている。

家賃と学費は月ごとに必ず支払わなければならず、貯金だけでは心許《こころもと》ないこともあり、夕方からカフェで皿洗いのアルバイトをし、生活費を稼いでいる。

それに加え、時間のあるときは、人の多い〈ポンピドゥー・センター〉前の広場で、似顔絵描きをしているのだ。

それでも、衣服に金をかける余裕などあるはずもなく、日本《にほん》を旅立つ際にスーツケースに入れてきた大学生時代に着ていた服を着回している。

シンプルな白の長袖《ながそで》シャツ、ブルーのデニムパンツ、スニーカーといったカジュアルな格好が定番のスタイルだ。

小柄で可愛《かわい》らしい顔立ちをしているせいか、間もなく二十三歳になるというのに、こちらでは十代半ばに間違えられることも珍しくなかった。

「相変わらず熱心でいいことだ」

東吾が感心の面持ちで見返してきた。

日本の大手商社社員で、二年前からパリの支社で働いている。

すらりとした長身に高価なスーツを纏《まと》い、端正な顔立ちをしている彼は、いかにもエリートといった風情だが、気取ったところは少しもない。

五歳上の彼とは幼いころからとても仲がよく、優斗がパリに留学するにあたり、いろいろ世話を焼いてくれた。

それればかりか、こちらで生活を始めてからは、週に一度は食事に連れて行ってくれている。

パリには他に知り合いもなく、貧乏生活を送っている優斗にとっては、誰よりも頼りになる存在だった。

「短い時間で描く似顔絵は勉強になるから」

「じゃ、頑張れよ」

爽《さわ》やかな笑みを浮かべた東吾が、軽く片手を上げる。

「またね」

優斗はにこやかに手を振り返し、駅へ向かって広場を歩き出した彼を見送った。

「さーてと……」

立ち止まったまま、どこかいい場所はないだろうかと巨大な広場を見回す。

パリの観光地にはたくさんの似顔絵描きがいる。モンマルトルの丘などが有名だ。しかし、誰でも勝手に商売ができるわけではなく、許可を得なければならない。

その点、〈ポンピドゥー・センター〉前の広場は、場所を取っておおっぴらに商売をしなければ、似顔絵描きとしての資格がなくても大目に見てもらえるのだった。

稼ぐことが本来の目的ではなく、似顔絵を描くことも勉強のひとつと考えている優斗は、客を呼び込むことはしない。

たとえひとりも客が現れなくても、行き交う人々や風景をスケッチすれば絵の練習になると考えている。とにかく、絵を描くことが好きなのだ。

「あそこでいいか」

建物のほぼ正面に空いた場所を見つけ、そちらに歩いていく。

大勢の人々で賑わっているとはいえ、広場はとてつもなく広い。

地面に座り込んで、ガイドブックを眺めている者や、イーゼルを立ててスケッチに勤《いそ》しんでいる者もいる。それでも、あまりに広いがゆえに、さして邪魔にはならない。だからこそ、ふらりとやってきた絵描きが、似顔絵を描くくらいは許されているのだろう。

「はぁ……」

ずっしりとしたショルダーバッグを肩から下ろして地面に置き、携帯用の簡易椅子を取り出して広げる。

次にサンプル用の似顔絵が描いてある小さなスケッチブックを取り出し、通りがかる人々に絵が見えるよう表紙を捲《めく》って地面に並べていく。

自ら客引きをしない優斗は、スケッチブックに描かれている似顔絵に目を留めた人が、声をかけてくるのをただ待つのだった。

「これでよし」

使い込んだパステルの箱を開けて地面に置き、簡易椅子に腰を下ろし、真っ新《さら》な紙面を上にしたスケッチブックを膝《ひざ》に乗せれば準備完了だ。

いったい、今日は何人の客が似顔絵を依頼してくれるだろうか。ここ数日、誰にも声をかけられていない。

観光地で商売をしている似顔絵描きは概《おおむ》ね五十ユーロ前後を要求しているが、交渉次第で安くすることは可能だ。

さすがに素人が同じ値段を要求できるわけもなく、優斗は最初から十ユーロでよければと言うことにしている。

日本円にして千円ちょっとだ。それでも、三人の似顔絵を描くことができれば、充分な稼ぎになる。

ただスケッチをして終わってしまっても幸せを感じられるとはいえ、生活費を切り詰めている身としては有り難い臨時収入なのだ。

「なに、あの人たち……」

誰か自分の似顔絵に興味を持ってくれないだろうかと、行き交う人々を眺めていた優斗は、〈ポンピドゥー・センター〉から出てきた男性の二人連れに、思わず息を呑《の》んで目を瞠《みは》った。

二人とも驚くほど背が高く、スタイルがいい。そのうえ、たいそうな美男子だ。どちらもかっちりとしたスーツ姿で、肩を並べてこちらに向かってくる。

ひとりは栗色《くりいろ》の髪で、もうひとりは見事なブロンドだ。そのブロンドの輝きが素晴らしく、燦《さん》燦《さん》と降り注ぐ陽光に反射するさまは、まるで後光が差しているかのように見えた。

飛び抜けた美男子の登場に、広場にいる人々も注目する。しかし、彼らはまったく気にも留めず、ときおり笑顔で言葉を交わしながら歩いていた。

「なんかの撮影かな？」

ファッションモデルのような颯爽《さっそう》とした歩きっぷりに、どこからかカメラマンがレンズを向けているのではないだろうかとあたりを見回す。

「違うのかな……」

目を凝らしてみたが、カメラマンらしき姿は見あたらない。

パリの街を歩いていると、そこかしこで美男美女に遭遇するが、息を呑むほどの美形を目の当たりにしたのは初めてだ。

「凄《すご》いなぁ……あんな美男子って見たことない……」

まさに誰もが見惚《みほ》れるであろう端麗な男性から、どうしても目が離せなくなる。

我を忘れて飽くことなく見つめていると、さすがにこちらの視線に気づいたのか、ブロンドの男性が優斗に目を向けてきた。

「あっ……」

目が合った瞬間、微笑《ほほえ》まれ、おおいに慌てる。

見ていたことを気づかれた恥ずかしさに加え、魅惑的な笑みになぜかドキッとし、一気に顔が火照《ほて》ってきた。

(びっくりしたぁ……)

急いで視線を足下に向け、パステルの箱に手を伸ばす。

「ボンジュール」

照れ隠しに前屈《まえかが》みでパステルを選ぶ振りをしていた優斗は、頭の上から降ってきた通りのいい男性の声に硬直する。

目の端が捕らえた男性の足下は、つい先ほど見ていたスーツと同じ色だ。不躾《ぶしつけ》な視線を向けていたから、咎《とが》めるつもりなのだろうか。けれど、目が合ったときに彼は微笑んだ。怒ってはいないはずだ。

「ボ……ボンジュール……」

優斗が恐る恐る顔を上げると、ブロンドの男性だけが目の前に立っていた。

スーツは艶《つや》やかな銀色で、身体《からだ》にぴったりとフィットしている。腕のいい職人が彼のために仕立てた逸品だろう。

上着の下襟にあるボタンホールには、透明な一粒石のピンブローチが飾られている。それは、陽光を受けてときおり虹色《にじいろ》に輝いた。さらには、袖口から垣間《かいま》見える時計にも、透明な小さな石が散りばめられている。

宝石に詳しくなくても、その眩《まぶ》しいほどの輝きから上質のダイヤモンドだと察せられた。

黒い革靴は陽光を跳ね返すほど綺麗《きれい》に磨き抜かれていて、彼はまさに一分の隙《すき》もないといった感じだ。

目を瞠るほど端正な顔、均整の取れた体軀《たいく》、身につけているスーツや宝飾品のすべてに品のよさが感じられた。

「似顔絵を描いているのかい？」

訊《たず》ねてきた男性が、地面に並べているスケッチブックをチラリと見やる。

「えっと……あの……」

即座に答えるのが躊躇《ためら》われ、優斗は口籠《くちご》ってしまった。

男性の身なりからして、似顔絵を描いてもらいたがるような観光客にはとても見えない。

似顔絵を頼むために声をかけてきたわけではないだろう。絶対、他に理由があるはずだ。

このあたりで似顔絵を描いて金銭を得ることは、暗黙の了解になっている。とはいえ、本来は許されない行為だ。

もしかすると、広場で勝手に商売をしている輩《やから》を取り締まっている、どこかの偉い人かもしれなかった。

「なかなかいい腕をしているね。是非、描いてもらいたい」

笑顔で似顔絵を依頼してきた男性を、優斗は驚きに目を丸くして見上げる。

騙《だま》しているようにはとても見えない。けれど、すぐに不安は消えなかった。

「あなたを……ですか？」

「わたしの他に誰がいるというんだ？」

大袈裟《おおげさ》に左右を振り返った男性が、さもおかしそうに笑う。

「似顔絵を描いてもらうのは初めてなんだ、どうしたらいいのかな？」

彼がわずかに首を傾《かし》げ、両手を軽く広げる。

どうやら本気で似顔絵を描いてほしがっているようだ。

若い東洋人の似顔絵描きが珍しく、興味本位で頼んできたのかもしれないと思い直し、優斗はスケッチブックを地面に下ろして急いで立ち上がる。

「ちゃんとした椅子がなくて申し訳ありませんが、こちらに座っていただけますか？」

座っていた簡易椅子を取り上げ、座面を軽く手で払い、男性の足下に置いた。

彼は身なりからして、簡易椅子とは縁がなさそうだ。けれど、プロの似顔絵描きたちのように客用の椅子までは準備できない。

そのため、いつも似顔絵を頼まれたときは簡易椅子を客に譲り、自分は地面に直《じか》に座って描いているのだ。

「なるほど……」

さすがに躊躇いがあったようだが、他になければしかたないと諦《あきら》めたのか、男性は素直に簡易

椅子に腰を下ろした。

「これでいいかい？」

確認してきた彼は、大きく開いた膝に両の腕を預けている。

座面が小さいだけでなく不安定な簡易椅子は、長身の男性にはさぞかし座り心地が悪いことだろう。

それでも、彼は文句を言うでもなく、笑みを浮かべている。その様子は、今の状況を面白がっているように感じられた。

「はい」

簡易椅子に座っても絵になる男性を前に、にわかに緊張してきた。

端正な顔立ちの彼は、モデルとして申し分ない。けれど、端正すぎるがゆえに、上手《うま》く描けなかったらどうしようといった不安が募る。

それに、至近距離で彼と顔を見合わせていると、自分でもわけのわからない羞恥《しゅうち》を覚えてしまうのだ。

（なんでだろう……）

かつて味わったことがない感覚に戸惑いを覚えつつも、似顔絵を描くだけだと自分に言い聞かせ、地面にあぐらをかいてスケッチブックを取り上げた。

「十分くらいで終わりますので、こちらを見ていてください」

「君を見ていればいいんだね？」

男性が笑みを向けてくる。

魅了してやまない笑顔に、似顔絵を描きたい気持ちが逸《はや》り、優斗はさっそくチャコール・グレーのパステルを取り上げた。

「話をするくらいは大丈夫なのかな？」

「はい、大丈夫です」

大きくうなずき返し、笑みを絶やさない彼を見つめる。

直視するのはひどく恥ずかしかった。それでも、彼のような美形の似顔絵を描ける機会は滅多に巡ってこないと思うと、恥ずかしがってなどいられなかった。

「国はどこ？」

首を傾げた彼が、軽く瞬《まばた》きをする。

それにしても端正な顔立ちをしている。察するに、三十代半ばくらいだろうか。

髪と同じブロンドの長い睫《まつげ》が、陽光に煌《きら》めく。瞳はグレーがかったブルーだ。

いろいろな色の瞳を見てきた。青空に似たブルー、海を思わせるブルー、同じブルーでも多種多様だ。

けれど、深い水底を彷彿《ほうふつ》とさせる、見ているだけで引き寄せられる不思議な色合いのブルーは初めてだった。

似顔を描くのに使うのはチャコール・グレーのパステルだけだが、彼のような珍しい色をした瞳は、油絵できちんと表現してみたくなる。

「日本です」

軽く摘《つま》んでいるパステルを真っ新な紙の上で滑らせながら答えると、男性が間を置かず問いかけてきた。

「留学生？」

「はい」

「画家を目指しているってこと？」

「はい」

彼と手元を交互に見つつ、短いやり取りを交わす。

若い東洋人の似顔絵描きが少ないせいか、モデルになっているあいだは誰もが同じようなことを訊ねてくる。

似顔絵を頼んでくるのはほとんどが観光客であり、二度と会うこともない相手だ。十分程度のあいだに交わす言葉などたかが知れていた。

「名前を教えてもらえるかな？」

「優斗です」

素直に答えたものの、これまで似顔絵を頼んできた客に名前を訊《き》かれたことがなく、ちょっとした違和感を覚える。

似顔を描き上げればそれで終わりになる、いわば行きずりの関係だ。なぜ名前など訊いてきたのだろうかと、首を傾げたくなる。

「ユウトか、呼びやすくていいね。私はリュカだ、リュカ・シリル・ラファラン」

男性は当然のように自らも名乗ってきた。それも、フルネームだ。

ここで名乗り合うことに、どういった意味があるのだろうかと、名前を訊かれて不思議がっていた優斗は、ますます疑問に思う。

それでも、あえて質問するほどのことでもなく、会った人の名前を知っておきたい気質なのだろうとやりすごす。

「えーっと、二十歳《はたち》くらい？」

わずかに身を乗り出してきたリュカが、まじまじとこちらの顔を見てきた。

彼の顔が至近距離に近づくと同時に、フワッと甘い香りに包まれ、心地いい浮遊感を覚えて自然に優斗の手が止まる。

近寄りがたい高貴な雰囲気が漂う彼は、纏っている香りまでが上品だ。同じ男なのに、彼を前にしているとドキドキしてくる。

耳のあたりが火照ってきたような気がして、今度は昂揚《こうよう》を悟られやしないかと心配になった。

それでも質問を無視できない優斗は、平静を装って彼を見返す。

「二十二歳です」

「二十二か……東洋人は思った以上に若く見えるから、ずいぶん上乗せしたんだよ。それでも足りなかったんだな」

残念そうなため息をもらしたリュカが、しみじみと優斗の顔を見直してきた。

より顔が近くなる。甘い香りに包まれ、さらには不思議な色合いの瞳で見つめられると、クラクラしてきて目眩《めまい》を起こしそうになった。

このままでは似顔絵を描くどころではなくなると思い、優斗は小さな咳払《せきばら》いをして気を取り直す。

「日本でも実際の歳《とし》より下に見られますからしかたないですよ」

「そうか……」

ようやくリュカが身体を引き、甘い香りが薄れてホッと胸を撫《な》で下ろした。

顔を見なければ似顔絵は描けないが、見つめられると知らずに手が止まってしまう。

できるだけ目を合わせないようにしなければと自らに言い聞かせ、似顔絵を描くことに意識を集めた。

彫りが深い目元や高い頬骨を強調するように指先でボカシを入れ、柔らかなブロンドを薄くて細い線で表現していく。

似顔絵は特徴のある顔立ちのほうが描きやすく、リュカのように整いすぎていると逆に捕らえどころがなく難しい。

しかし、難しいからこそ夢中になってしまう。白い紙に彼の顔を写し取ることに集中する優斗は、すっかり自分の世界に入ってしまっていた。

真剣な顔つきで絵を描くことに没頭していたが、強い視線を感じてふと目線を上げる。

すると、リュカが微笑みながら真っ直ぐにこちらを見つめていた。ずっと見られていたのかと思ったら急に恥ずかしくなり、照れ隠しの笑みを浮かべる。

「パリに来てどれくらい？」

「えーっと……来月で半年になります」

「そのわりにフランス語が上手いね？　知り合いにフランス人でも？」

似顔絵を描きながらチラリと彼を見てみると、興味津々といった顔をしていた。

立ち入った質問と言うほどのものでもなく、知られて困ることでもないと思う優斗は、手を止めることなく答える。

「いえ、独学です。ずっとパリに憧《あこが》れていたので、十五歳から勉強を始めたんです」

今でこそ念願叶《かな》って憧れの地で暮らしているが、一般的なサラリーマンの家庭に育った優斗にとって、芸術大学に入ることも、パリに留学することも容易《たやす》くはなかった。

中学に入って間もないころ、たまたま目にした画集に載っていたマリー・ローランサンの絵に感銘を受け、自分も画家になろうと心に決めた。

もともと絵を描くことが好きで、親も上手だと褒めてくれていたのだが、画家になりたいと言い出すとは思っていなかったのだろう。

美術系の大学に進みたいと言うと、両親は猛反対してきた。親は誰もが子供の幸せを願うものであり、稼げるかどうかもわからない職業に就かせたくない気持ちは理解できた。

それでも、諦めきれずに説得を続けると、芸術大学に現役で合格し、教員免許を取得するなら許すと条件を出してきた。

国立大学になど、現役で受かるわけがない。不合格になれば違う道を選ぶだろう。仮に合格しても、教員免許を取得していれば、いずれは役に立つと両親は考えていたに違いない。けれど、条件をクリアさえできれば自分の好きな道に進めるとわかれば、それに向かって突き進むだけだ。

受験勉強は誰もがする。目指す大学が美術系というだけで、結果は自分の努力次第なのだと自らに言い聞かせ、まずは高校の美術教師に教えを請うた。

放課後も自宅でもデッサンに没頭し、同時にフランス語の勉強も始めた。ローランサンの生まれたパリで暮らしたい思いがあったからだ。

画家として生計を立てるのが難しいことくらいは理解していた。それでも、頑張れば好きな絵を描いて生きてける。

夢に向かって進むための努力は少しも辛《つら》くなく、不合格を望んでいたであろう親の期待を裏切り、みごと現役合格を果たして教員免許を取得したのだった。

「憧れてたパリで暮らしてみてどう？」

「毎日が楽しいです」

ちょうど似顔絵を描き終えた優斗は、笑顔で答えてパステルを箱に戻す。

「お疲れさまでした。いかがですか？」

仕上がった似顔絵が見えるよう、スケッチブックをリュカに向ける。

「いいね」

彼は満足そうな笑みを浮かべると、簡易椅子から腰を上げた。

優斗はバッグから、使い古したタオルとスプレー缶を取り出す。パステルに汚れた指先を丁寧に拭《ぬぐ》い、彼の似顔絵を描いた頁に定着剤を吹きつける。

「どうぞ」

破った頁をクルクルと丸めて彼に手渡す。

「ありがとう、いくらかな？」

「十ユーロです」

今になって先に値段を言うのを忘れたことを思い出したが、彼は気にしたふうもなく上着の胸ポケットから札入れを取り出した。

「じゃあ、これで」

「えっ？」

なんと、リュカが差し出してきたのは百ユーロ札だった。

釣り銭の持ち合わせがなく、優斗は札を受け取ることなく困り顔で見返す。

「残りは取っておいて」

「でも……」

「君が描いてくれた似顔絵をとても気に入ったんだ。私を素敵に描いてくれたお礼だよ」

そう言って百ユーロ札を優斗に無理やり握らせてくると、彼はにこやかにその場を立ち去っていく。

「ありがとうございました」

リュカの厚意を有り難く受け取った優斗は、深々と頭を下げたあとも、遠ざかっていく後ろ姿をしばし見つめた。

似顔絵を気に入ってもらえただけでなく、多額のチップをもらえたことで、自然に顔が綻《ほころ》んでくる。

チップとしてはあり得ない額ではあるが、見るからに裕福そうな彼にとって痛い出費であるわけがない。

「格好いいよなぁ……」

リュカは容姿端麗なだけでなく、立ち居振る舞いがスマートだ。

彼のようになることなど到底無理とわかっていても、同じ男としてはおおいに憧れてしまう。

「でも、なんで似顔絵なんか？」

彼のような人であれば高名な画家に自画像を頼むことも可能だろう。どこの誰ともわからない素人絵描きに、なぜ似顔絵を頼んできたのか不思議でならない。

「もっとちゃんとお礼を言えばよかった……」

後悔しきりの顔で後ろ姿を眺めていると、急にリュカが振り返ってきた。

彼との距離はかなりあったが、しっかりと目が合ったような気がし、胸が大きく弾む。

「そうだ……」

言えなかった礼の代わりに、優斗は深く頭を下げる。

すぐに彼が、軽く挙げた片手をにこやかに振ってきた。

言葉にして伝えられないのは残念だったが、どうやら気持ちは通じたようだとわかり、心が晴れやかになる。

「もう会うことはないんだろうな……」

遠ざかっていくリュカの後ろ姿を、改めて見つめた。

彼と再び顔を合わせる機会が巡ってこないと思うと、ちょっと寂しい。

それでも、絶世の美男子に出会えた喜びと、自分が描いた似顔絵を気に入ってもらえた嬉しさに、優斗はいつになく気分が浮き立っていた。

第二章

美術アトリエでのレッスンを終えた優斗は、アルバイト先のカフェに向かうため、セーヌ川沿いの道を歩いていた。

白い長袖のシャツにデニムパンツという、いつもと変わらない出《い》で立ちで、大きなバッグを肩から斜めがけしている。

今日は似顔絵描きをするわけではないので、携帯用の簡易椅子は入っていないが、レッスンに使う画材でバッグはやはり膨らんでいた。

絵のレッスンは週に四日、午前十時から午後四時まで行われる。アルバイトはレッスンのある日だけで、午後五時から閉店まで働いていた。

休まず出勤して月に得られるのは日本円にして七万円弱で、家賃にすべて消えていく。

一生懸命、働いてもまったく手元に残らないのだが、できるだけ貯金を切り崩したくない思いがある。

学生時代にアルバイトで貯めた分から家賃を払っていたのでは、パリに一年しかいられない。

金銭的余裕があれば、それだけ滞在期間を長くできるのだ。憧れのパリで実際に暮らしたことで、ますますこの街が好きになった優斗は、ここに長く留まりたい気持ちが、日に日に強くなっていた。

「綺麗だなぁ……」

パリで暮らす人々や観光客で賑わうマリー橋のたもと近くで足を止め、前方にそびえ立つノートル・ダム大聖堂を見上げる。

街には景観を損ねる高層ビルがなく、晴れ渡った青空を突き上げるように建つ荘厳で美しい尖《せん》塔《とう》がはっきりと見えた。

パリに来てまだ半年足らずだが、さまざまな場所からノートル・ダム大聖堂をスケッチしている。見る角度によって趣が異なる大聖堂は、パリに数ある古い建物の中でも、ひときわ創作意欲をそそられるのだ。

「ユウト！」

熱心に大聖堂を眺めていた優斗は、不意の呼びかけに驚いて肩を跳ね上げる。

パリに来てから親しくなったのは、美術アトリエで一緒にレッスンを受けている生徒たちと、アルバイト仲間くらいのものだ。

しかし、呼びかけてきた声の主は、知り合いではないような気がした。いったい誰だろうかとあたりを見回す。

「ユウト」

行き交う人々の中から不意に見覚えのある姿が現れ、急ぎ足でこちらに歩み寄ってくる。シックなマロンカラーのスーツに身を包み、輝くブロンドを柔らかに揺らしながら向かってくるのは、紛れもなくリュカだった。

一瞬にしてその場が華やかな雰囲気に包まれる。通り過ぎていく人々はもちろんのこと、川辺に佇《たたず》んで景色を眺めていた人たちまでがリュカを振り返った。

「リュカ……」

二度と会うことはないと思っていただけに驚きが大きく、優斗は呆然《ぼうぜん》と彼を見つめた。

また彼に会えた嬉しさからだろうか、とたんに鼓動が速くなる。

「ユウト、ようやく見つけた。ずっと君を捜していたんだ」

目の前に立ったリュカが、安堵《あんど》の笑みを浮かべた。

しかし、言葉の意味が理解できず、彼を見つめたまま小首を傾げる。

彼と〈ポンピドゥー・センター〉前の広場で会ったのは、三日前のことだ。ただ似顔絵を描いたにすぎない自分を、なぜ彼は捜したりしていたのだろうか。

(あっ……)

ふと彼からもらった百ユーロ札を思い出した。あの日の彼は残りは取っておけと言ったが、さすがにチップを弾みすぎたと考え直したのかもしれない。

(でも、いくらなんでも……)

すぐに否定的な考えが浮かんできた。

金にはまったく不自由していそうにないだけに、チップのこと程度で自分を捜し回るとはとても思えない。

(それなら、なんで……)

理由がいっこうに思い当たらず、ただ怪訝《けげん》な顔つきで見返していると、リュカが唐突に話を切り出してきた。

「ユウト、君に新作の広告モデルを頼みたいんだ」

「はぁ?」

彼の言っていることがさっぱりわからず、ことさら眉根《まゆね》を寄せる。

「ああ、すまない……」

苦笑いを浮かべた彼が、上着の内ポケットからカードケースを取り出し、優斗に一枚の名刺を差し出してきた。

「私はジュエリー店を経営していて、ジュエリーのデザインもしているんだ。ちょうどクリスマス用の新作が仕上がったところで、その広告のモデルを君にやってもらいたいと思ってる」

リュカの説明を聞きながら、受け取った名刺に目を向ける。

フランス語は日常的な会話にこそ困らないが、読み書きはまだまだ未熟だ。それでも、名刺に綴《つづ》られている文字は難なく読めた。

店の名前は〈ラファラン〉で、シャンゼリゼ大通りの高級ブティックが建ち並ぶ一画に店舗があるらしい。

彼はジュエリー店と言ったが、経営者であるリュカが身につけている装飾品や、店のある場所から、富裕層向けのジュエリー・ブランドなのだろうと容易に想像がつく。

彼がそうした店の経営者であることは納得がいった。けれど、新作のモデルを自分に頼もうとしていることには納得がいかなかった。

「イメージに合うモデルがなかなか見つからなくて困っていたんだ。先日、〈ポンピドゥー・センター〉の広場で君を見て閃《ひらめ》きを感じたんだが、女性向けのジュエリーだから男の子には無理だろうといったんは諦めた。でも、仕事場で仕上がったジュエリーを見ていると、どうしても君の顔が浮かんできて、君以外のモデルは考えられなくなった」

「そんなこと言われても……」

熱い口調で語ったリュカを、優斗は困りきった顔で見返す。

彼がデザインしたジュエリーがどういったものか思い描くのは難しい。けれど、女性向けであるならば、女性のモデルを使うべきだろう。

それに、モデルなど一度もやったことがない。なにより、モデルとして通用するような外見ではないことはあきらかなのだ。

「時間は取らせないし、もちろん報酬も支払う。どうか引き受けてくれないだろうか？」

リュカが口調以上に熱い視線を向けてきた。

熱のこもったその瞳を見れば、本気だとわかる。それでも、ジュエリーのモデルなど絶対に引き受けられるわけがなかった。

「無理です。モデルなんてやったことないし、僕に務まるわけがありません」

「経験など必要ない。君は私のジュエリーを身につけ、カメラの前に立つだけでいい。私のジュエリーを輝かせることができるのは君だけだ」

リュカの熱心な口説き文句に、彼がそこまで望むならばと、少なからず心が揺れ動く。

けれど、ジュエリーを宣伝するためのモデルになった自分が想像できない。記念写真を撮るわけではないのだから、ただカメラの前に立っているだけでいいわけがないだろう。

彼の気持ちに応えたい思いはあっても、彼にとって自分がどれほどイメージに相応しいモデルであっても、やはり承諾はできなかった。

「すみません、僕には荷が重すぎます。仕事に行かないといけないので、これで失礼します」

「ユウト……」

「ごめんなさい」

優斗が頭を下げると、リュカが苦々しい顔で唇を嚙《か》んだ。

まだ言いたいことがあるのかもしれない。けれど、これ以上、彼と話をしていると、また心が揺れ動いてしまいそうで、後ろ髪を引かれる思いで足早に歩き出した。

一度だけ振り返ってみたが、追ってくる気配はない。きっと諦めてくれたのだろう。安堵の気持ちと、期待に応えられない申し訳なさ、さらにはこんな別れ方をしなければならない寂しさが胸の内で交錯した。

「あっ……チップのお礼を言い忘れた……」

とんでもない申し出をされたことで、先日の礼を言いそびれたことが悔やまれたが、彼のもとに戻れば気が変わったと勘違いされそうな気がし、そのままカフェへと向かう。

ゆったりとした足取りの人々を縫うようにしてセーヌ川沿いをしばらく歩き、サン・ポール駅へと続く道に折れると、カフェ〈セルリアン〉のテラス席が見えてくる。

パリに来て間もなく、東吾が紹介してくれた。オーナー夫人が日本人で、彼女と親しくなった東吾が足繁《あししげ》く通っているカフェだった。

「ボンジュール」

裏口から元気よく声をあげて入っていき、真っ直《す》ぐ更衣室に向かって皿洗いのために用意された上下とも白の制服に着替える。

ギャルソンのほうが時給は高かったが、接客に自信がない優斗は皿洗いの仕事を選んでいた。

制服に着替え終え、さっそく厨房《ちゅうぼう》の中に入っていく。

美術アトリエでのレッスンを終えてから、アルバイトが始まるまでには一時間ある。アトリエからカフェまで歩いて十分ほどで、時間的余裕はたっぷりあった。

けれど、レッスン後に仲間たちと雑談をして過ごすことが多く、いつも時間ギリギリになってしまう。

今日はそれに加え、リュカと立ち話をしてしまったため、厨房に入ったときには時計の針が五時を指そうとしていた。

「間に合った……」

安堵のため息をもらし、大きな流し台の前に立つ。

カフェ〈セルリアン〉は、飲み物だけでなく、軽食を豊富に取りそろえている。中でもガレットの人気が高く、客の半分以上が注文した。

そのため、厨房に戻ってくる食器の数が多く、休憩時間はあるものの、それ以外は閉店まで休む間もなく洗い続ける。

優斗が働き出す夜の時間帯は酒を飲む客が一気に増え、カップや皿に割れやすい華奢《きゃしゃ》なグラスが加わり、洗い方にもより注意が必要になった。

「よろしく〜」

トレイに載せてきた空の食器を、ギャルソンがカウンターに並べていく。

「グラスは俺が洗うから、ユウトはそっちの皿を頼む」

アルバイト仲間のジャンが、カウンターに置かれたグラスを、自分が担当している流し台の中へと次々に入れていった。

「ありがとう。いつもグラスばっかり洗わせてゴメンね」

気を遣ってくれたジャンに礼を言い、優斗は積まれた皿に手を伸ばす。

皿洗いをしながら大学に通っている彼は三歳下になるのだが、ここでは一年先輩のとても頼りになる存在だ。

アルバイトを始めて早々にワイングラスを立て続けに割ったのを見かね、できるだけこちらに回さないようにしてくれていた。

「そういえば、〈ポンピドゥー・センター〉で似顔絵を描いた男の人と、ここに来る前に偶然、会ったんだけど、〈ラファラン〉とかいう宝石屋さんをやってる人だったよ」

ジャンと並んで食器を洗いながら、いつものように話しかけると、彼が手を止めてこちらを見てきた。

彼とは仕事中もよく会話をしている。おおかたとりとめのない内容で、互いに昼間なにをしていたかを話題にした。

リュカに会ったことも、翌日になってジャンに話して聞かせていた。そのときのジャンが興味を示したため、優斗は続報のつもりでリュカの素性を伝えたにすぎない。

「絶世の美男子とか言ってた人って、リュカ・ラファランだったの？」

ジャンが名前を口にしたことに驚き、目を丸くして見返す。

「どうして知ってるの？」

「パリじゃリュカを知らない人はいないよ。高級宝飾店〈ラファラン〉の若き社長で、テレビコマーシャルに本人が出てるし、ファッション雑誌の表紙にもなってるくらいの有名人だから」

「へぇ……」

「ユウト、テレビがないって言ってたから、知らなくてもしかたないか。ロシア貴族の血を引いてる超セレブで、〈ラファラン〉顧客には王族や貴族が多いって話。それに、城みたいな館《やかた》に住んでるらしいよ」

「そうなんだ……」

つぶやいた優斗は、開いた口が塞《ふさ》がらないでいる。

リュカはいかにも裕福そうに見えたが、どうやら想像を絶する大金持ちのようだ。

王侯貴族を相手に商売をしているのであれば、彼が手がけるジュエリーはきっと値が張るものばかりに違いない。

そうしたジュエリーのモデルに、彼はど素人の自分を起用しようとしたのだから血迷ったとしか思えない。

「でも、なんでリュカが似顔絵なんか頼んだんだろうな？」

「さあ……」

ジャンは不思議そうな顔をしていたが、新たに知ったリュカのことで頭がいっぱいになっている優斗は上の空で返事をしていた。

(どんなジュエリーだったのかな……)

モデルを断ったというのに、今になって彼が仕上げたクリスマス用のジュエリーが気になってくる。

彼なら世界で活躍する女性モデルを使うこともできるだろう。それなのに、あえて自分に頼んできた。

パリには数えきれないほどの日本人が暮らしているし、日々、団体で観光客が訪れる。東洋人など珍しくないはずだ。

それに、自分はどこにでもいる普通の成人男性にすぎない。痩《や》せてはいるが、背丈も標準以下で、人目を引くような容姿ではなかった。

いったい、なにが気に入ったのだろうか。画家を目指す者として、インスピレーションが湧《わ》く瞬間があることは理解できる。

それでも、セレブを顧客に持つリュカが、自分をモデルにしたいと思った瞬間は、どうにも理解のしようがない。

(もしかして、大衆向けにリーズナブルなジュエリーを売り出すつもりなのかな?)

イメージに合うと言われたせいか、ますます新作のジュエリーを見てみたくなってくる。

(断っちゃったのに、ジュエリーだけ見せてくれとはさすがに言えないよな……)

リュカと交わした言葉の数々を思い起こしていた優斗は、皿を洗いながらもすっかり自分の世界に入ってしまっていた。

第三章

「お疲れさまでした～」

アルバイトを終えて着替えをすませた優斗は、斜めがけにしたショルダーバッグを片手で押さえながら裏口を出た。

空はすっかり暗くなっているが、まだこのあたりの人通りは途絶えていない。パリの中心部は比較的安全なこともあり、注意さえ怠《おこた》らなければ恐怖を感じることもなかった。

自宅アパートまではメトロに乗って帰る。サン・ポール駅から四つめのナシオン駅で降り、歩いて五分ほどで着く。

「さーてと……」

メトロの駅に向かおうと通りに出たところで、前方に見覚えのある姿を見つけて息を呑む。

黒塗りの洒落《しゃれ》たカブリオレを背に、スーツ姿のリュカが立っていたのだ。

「ボンソワール」

こちらに気づいて声をかけてきた彼が、ゆっくりと歩み寄ってくる。

〈セルリアン〉で働いていることは彼に教えていない。セーヌ川沿いで別れを告げたあと、こちらが気づかなかっただけで、密《ひそ》かにあとを追ってきていたのだろうか。

普通ならばあとをつけられたうえに、待ち伏せされれば気分が悪い。それなのに、リュカのことばかり考えていたせいか、なぜか会えたことを嬉《うれ》しく感じてしまった。

「ボンソワール」

不思議なことに、彼を見ただけで自然と笑みが零《こぼ》れる。

「少し話をする時間をくれないか？」

神妙な面持ちで問われ、迷うことなくうなずき返していた。

たぶん、彼は昼間の話の続きをするつもりでいるのだろう。

モデルを引き受ける気持ちは今もない。ただ、彼のどこか思い詰めたような表情に、無下に断るのが躊躇《ためら》われたのだ。

「ありがとう。立ち話もなんだから、座って話をしよう」

さりげなく肩に手を回してきたリュカに、停《と》めてあるカブリオレへと導かれる。

「どうぞ」

助手席のドアを開けてくれた彼に促され、柔らかな革張りのシートに腰を下ろす。

斜めがけにしているバッグを揃《そろ》えた膝の上に置き、居住まいを正していると、彼が助手席のドアを静かに閉めてくれた。

車の前方を回り込んで運転席側のドアを開けた彼が、隣のシートに滑り込んでくる。

車内はこぢんまりとしているが、屋根がないため開放感があり、並んで座っていても外にいるのと変わらない感じがした。

「ユウト……」

運転席側のドアを閉めたリュカがわずかに身を捩《よじ》り、片腕を自分のシートの背に預ける。

彼がこちらを向いたのに、前を見つめているわけにもいかず、優斗はシートの上で座り直して向かい合った。

「改めて言うが、君以上のモデルはこの先も絶対に見つけられない。今回の作品は君のためにデザインしたと言ってもいいくらい、イメージにぴったりなんだ」

昼間と変わらない熱い口調で語る彼が、真っ直ぐに見つめてくる。

いっときも逸《そ》れることのないブルーグレーの瞳に、優斗はこれまで以上に魅《み》せられていた。

初めて彼を見たときの昂揚感が、再び湧きあがってくる。

リュカほど素敵な男性と出会えたことだけでも奇跡に思えたのに、似顔絵を描かせてもらうことができ、あの日はかつて味わったことがない喜びに浸った。

もし、モデルを引き受けたなら、自分を魅了してやまない彼と、もう少しのあいだ一緒に過ごすことができると、そんな思いが脳裏を過《よ》ぎる。

どうしてこんなにも同性の彼に惹《ひ》かれるのか、自分でもよくわからない。それでも、彼を前にするると、そばにいたい気持ちに駆られてしまうのだ。

「あの……」

「なんだい？」

リュカが柔らかに微笑む。

「本当に僕で務まるんでしょうか？」

モデルになるなど無理に決まっているとわかっているのに、思いとは裏腹に勝手に言葉が口を突いて出ていた。

「引き受けてくれるのかい？」

パッと綻んだ彼の顔を見たとたん胸が弾み、まるで迷いなどないかのように、優斗は反射的にコクリとうなずき返してしまう。

「ありがとう」

喜びの声をあげたリュカに両手で抱き締められ、甘い香りに包まれる。

いきなりのことにまたしても胸が弾んだが、嫌な気持ちはこれっぽっちもなかった。

こちらの人たちは、喜びを身体全体で表現する。いきなり抱きつかれることも珍しくない。

この抱擁も、彼の喜びの表れなのだろう。それだけ自分を望んでくれていた証《あかし》であり、モデルを引き受けてよかったとすら思った。

「ユウト、今すぐにでもシャンパンで乾杯したいくらい嬉しいよ」

吐息混じりの声に耳をくすぐられ、優斗は小さく肩を震わせる。

抱き締めている彼の腕はいつまでも緩むことなく、あまりにも長い抱擁に次第に戸惑いを覚え始めた。

「ユウト、君に会えてよかった……」

甘い声音で囁《ささや》くように言った彼が、両手で優斗の頬《ほお》を挟んで身体を遠ざける。

ようやく抱擁が終わって安堵したのもつかの間、頬を挟まれたまま真っ直ぐに見つめられ、鼓動が跳ね上がると同時に身体が硬直した。

「あっ、あの……」

見つめられる恥ずかしさに、この場から逃げ出したくなったが、硬くなった身体はまるで言うことを聞いてくれない。

言葉が続かないばかりか、指の一本も動かすことができない優斗は、ただ頬を引き攣《つ》らせるばかりだ。

「君はまさに私のイメージどおりだ。君ならきっと私のジュエリーを誰よりも際だたせてくれるだろう」

強い口調で言い切ったリュカの熱っぽい瞳が、急に間近に迫ってきた。

「んっ……」

いきなり唇を重ねられ、驚きに目がまん丸くなる。

（なんで……）

頬へのキスならまだ納得できるが、彼は唇を塞いできた。思わぬキスに一気に頭が混乱した。

「ありがとう、今夜は気持ちよく眠れそうだ」

軽く唇を啄《ついば》んで顔を遠ざけた彼は、なにごともなかったようにそう言うと、前向きに座り直して車のエンジンをかけた。

「家まで送って行くから、場所を教えてくれないか？」

「あっ……ナシオン駅の……あの……」

キスされて激しく動揺している優斗は、上手く説明ができずに口をパクパクさせる。

「わかった。とりあえずナシオン駅に向かうよ」

気にした様子もなく笑顔を向けてきたリュカが片手でステアリングを握り、パーキングブレーキを解除して静かにアクセルを踏み込む。

「詳細は改めて連絡するから、あとで電話番号を教えてくれるかい？」

チラリとこちらを見てきた彼に、無言でうなずいてみせる。

いまだに動揺が治まっていない。生まれて初めてのキスを、まさか男性に奪われるとは思ってもいなかった。

ただ唇を重ね合わせただけではあるが、同性が相手なら喜びのキスは頬にするはずだ。それとも、普通ではあり得なくても、上流階級では唇にキスをするのが一般的なのだろうか。

知らない世界で生きている相手だけに、リュカのすることなすことに驚かされる。けれど、彼に対する驚き以上の驚きがあった。

(どうしてだろう……)

同性からキスされたというのに、嫌悪感をまったく覚えていないのだ。

自分のことながら理解できない優斗は、楽しそうに運転している彼の横顔を見つめる。

すると、ただ見ているだけなのに、胸がときめいてきた。

初めて味わう感覚に戸惑いながらも、鼓動は速さを増していくいっぽうで、胸に痛みすら感じられた。

(っ……)

胸が締めつけられるような感覚に、息苦しさを覚える。

吹き抜けていく風は涼しくて心地いいはずなのに、身体のそこかしこが熱い。

「どうかした？」

赤信号にブレーキを踏んだ彼が、心配そうに顔を覗《のぞ》き込んでくる。

「いえ……」

優斗は慌てて首を横に振った。

それでも異変を感じ取っているのか、彼は首を傾げてジッとこちらを見つめてくる。

「あの……カブリオレに乗るのは初めてで……気持ちいいなって……」

「気に入ったなら、いつでも乗せてあげるよ」

思いつきにすぎない言い訳を信じてくれたらしく、彼は笑顔で言って前に向き直ると、指先でステアリングをトントンと叩きながら信号が青に変わるのを待った。

(本当かな……)

社交辞令なのかもしれないけれど、リュカの言葉を嬉しく思ってしまう。

モデルを引き受けてしまったり、キスされても嫌だと感じなかったり、顔を見ているだけでときめいたり、車に乗せてあげると言われて喜んだりする自分がよくわからない。

ただひとつだけわかっていることは、彼と一緒にいると楽しいということだ。

きっと、由緒正しき生まれで容姿端麗のリュカと知り合いになれて、少しばかり浮かれているのだろう。

この先ずっと会える相手ではないのだから、深く考えずに楽しめばいいのだ。

(ジュエリーのモデルかぁ……)

モヤモヤとした気持ちを無理やり払拭《ふっしょく》した優斗は、これから足を踏み入れる未知の世界に思いを馳《は》せながら、流れ行く景色を眺めていた。

第四章

美術アトリエのレッスンが休みの日に、優斗はシャンゼリゼ大通りにある〈ラファラン〉本店の社長室を訪ねてきていた。

モデルを引き受けてしまったものの、自分に務まるのだろうかといった不安は消えていない。

とはいえ、前言を撤回するのは申し訳ない思いがあり、ポスターや雑誌広告用の写真撮影くらいなら、どうにかなるだろうと自らに言い聞かせていた。

そうして実際に〈ラファラン〉を訪れてみると、楽観的に考えたことを激しく後悔した。

なにしろ、〈ラファラン〉本店は、どこもかしこも想像を遥《はる》かに超えた豪勢な造りで、足を踏み入れるのすら憚《はばか》られるような異世界だったのだ。

重厚感溢《あふ》れる五階建ての建物は、一階と二階が店舗になっていて、三階から五階はオフィスになっているらしい。

オフィスへの入り口は建物の裏側にあり、店舗内の様子は知ることができなかったが、ショーウインドー越しにチラリ垣間見ただけで怖《お》じ気づく始末だった。

社長室に案内されるなり、優斗がイメージ・モデルに相応しいかどうかの品定めが始まった。リュカの他に、新作のプロモーションに携わっているという、男女交えた五名の主要スタッフがいる。

そして、もうひとり、初めて〈ポンピドゥー・センター〉でリュカを見たとき、彼と肩を並べて歩いていた男性がいた。

リュカの秘書を務めるローラン・ジョルジュだと紹介された。たいそうな美形だが、厳しい表情を崩さないところに律儀さが感じられた。

「リュカは新作のイメージ通りと仰《おつしや》いますが、女性用のジュエリーである以上、男性を起用することには反対です」

黒いスーツに身を包んでいる男性スタッフが、優斗に冷ややかな視線を向けてくる。

リュカとは信頼関係が築かれているのか、みなが普通に名前で呼び、歯に衣《きぬ》着せぬ物言いをしていた。

「私は男性を起用すること自体には反対ではありません。コンセプトとしてはよいと思いますけれど、男性であっても〈ラファラン〉に相応しいモデルを選ぶべきです」

今度は女性スタッフが反対の声をあげてきた。

老舗《しにせ》の高級ジュエリー・ブランドである〈ラファラン〉の社員であることを誇りに思っている彼らは、容赦なく批判してくる。

彼らの意見はどれもうなずけるものばかりだけに、リュカに招かれてのこのことやってきた優斗は肩身が狭い。すぐにでも逃げ出したい気分に陥っていた。

「モデルは長身で美しければいいというものではないだろう？」

大きなデスクの端に腰かけ、腕組みをしてスタッフの意見に耳を傾けていたリュカが、そう言いながら立ち上がる。

「ジュエリーをデザインしたのは私だ。イメージ・モデルは彼以外に考えられない」

ゆっくりと優斗に歩み寄ってきた彼が、大丈夫だよと安心させるように微笑んできた。

彼は考えを変える気がないようだが、スタッフもそう簡単には引き下がりそうにない。

「彼には華がありません。貧弱すぎます」

「だいたい、素人なのでしょう？〈ラファラン〉の広告に素人を使うなんて前代未聞です」

またしてもスタッフたちが批判の声をあげたが、リュカはまったく取り合わない。

「そうだ、彼を少女に見立ててみたらどうだろう？」

あまりにも突飛な彼の発言に、スタッフ全員がポカンと口を開けた。

「彼なら男のままでもいいと思っていたが、考えを変えた。妖精《ようせい》のような可愛い少女に変身させよう」

自分の閃きに満足したのか、満面の笑みで一歩退いた彼が、優斗をしみじみと眺めてくる。

「リュカ、私たちはまだ彼をイメージ・モデルにすること……」

「カメラテストをするから、スタジオに行くぞ。ドレスとウイッグを用意してくれ」

呆然としているスタッフたちに向け、リュカが急《せ》かすように両手を打ち鳴らす。

「リュカは我が儘《まま》すぎます」

「カメラテストの結果がよくなければ、モデルは変更していただきますよ」

口々に不満を言いながらも、さすがに社長命令には逆らえないのか、スタッフたちが急ぎ足でその場をあとにする。

「ユウト」

にっこりと呼びかけてきたリュカが、優斗の肩に腕を回してきた。

「さあ、スタジオに行こう」

「ちょっと待ってください」

ドアへと促す彼の手を、優斗は慌てて振り払う。

「女装するなんて聞いてません。僕は絶対に嫌です」

きっぱりと言い切り、きつい視線を向ける。

優斗の反抗的な態度を見て、そばにいるローランがいかにも不愉快そうに眉を顰《ひそ》めたが、気にしている場合ではなかった。

リュカが望むならばとモデルを引き受けたが、女の子の格好をさせられるとわかれば、黙っていられない。

傍《はた》から見て中性的な印象があるのは自覚している。男性用の服を着ていても、後ろ姿を見て女性と勘違いされたこともある。

けれど、自分は紛れもない男だ。女装の趣味もなければ、女性の服を着てみたいという願望もなかった。

「ただの衣装だよ。女装して街を歩けと言っているわけではないのだから、恥ずかしがることはない」

リュカはまったく意に介したふうもなく、改めて肩に手を回してきた。

「スタッフがいるじゃないですか？　大勢の人に見られるんだから、街を歩くのと同じようなものです」

「彼らにとってはモデルも作品なんだ。邪《よこしま》な目で君を見たりしないから大丈夫だよ」

「でも、僕は……」

彼は耳を貸してくれることなく、ドアに向かって歩き出す。

我が儘で強引な彼には、これ以上、なにを言っても無駄なようだ。

それに、モデルを引き受けたのは自分の意志だ。今になって尻込《しりご》みをするのは男らしくないだろう。

女装には抵抗があったが、広告用の写真を撮るあいだだけのことであり、いっときの我慢だと考え直して彼に足並みを揃えると、少し離れてローランが追ってきた。

「地下に撮影スタジオがあるんだ。正式な発表をするまでは新作のジュエリーを外に持ち出したくないから、宣伝用の撮影はすべて自社スタジオで行うことにしているんだよ」

リュカの説明を聞きながら、エレベーターに三人で乗り込む。

「あの……カメラテストしたあとも、スタッフの人たちが反対したらどうするんですか？」

どこまで自分の意見を押し通すつもりなのかが気になり、興味深げな視線を彼に向ける。

「彼らは反対などしないよ」

「えっ？」

自信満々な答えに、優斗は首を傾げた。

「私の目に狂いはない。君がイメージ通りのモデルであることを、カメラテストをすれば彼らは必ず納得する」

そう断言してきたリュカが、柔らかに微笑む。

ただ魅惑的なだけでなく、自信に満ちた瞳で見つめられると、ついそんなものかと思ってしまうから不思議だ。

間もなくしてエレベーターが地下に到着し、静かにドアが開く。真っ先に降りたローランが、片手でドアを支える。

肩に乗せていた手を背に滑り落としてきたリュカに促され、優斗はエレベーターから降りた。

エレベーターのすぐ前には短い廊下があり、すぐ先に開け放されたドアが見えた。そこから忙《せわ》しない声が聞こえてくる。

「そこがスタジオだ」

前方のドアを指さした彼に、背に触れている片手で再び促され、並んでスタジオの中へと入っていくと、ひとりの女性スタッフがさっそく声をかけてきた。

「ウイッグはどちらがいいですか？」

彼女は両の手にスタイルの異なるウイッグを持っている。

ひとつは緩い巻き毛のブロンドで、腰に届きそうなほどの長さがあり、もうひとつはピンクがかったシルバーのショートで、綿菓子のようにフワフワしていた。

「ブロンド」

短く答えたリュカがスタジオの中央へと進んでいく。すかさずローランが彼のあとを追い、優斗はひとり残される。

「すごい……」

生まれて初めて足を踏み入れた撮影スタジオを、優斗は興味津々と眺めた。

プロモーションに携わっている五名のスタッフ以外にも、スタジオのスタッフらしき何人もの人たちが動き回っている。

天井には数えきれないほどのライトが吊《つ》り下げられている。壁際には幾つものスタンド式のライトが置かれ、正面奥には大きな無地の背景紙が張られていた。

中央から少し外れたところで、男性が大きな一眼レフのカメラを弄《いじ》っている。専属のカメラマンなのか、臨時でカメラマンを務める〈ラファラン〉のスタッフなのかは不明だが、手にしているカメラは本格的なものだった。

素人目にもかなり贅沢《ぜいたく》なスタジオだとわかる。各国のセレブを顧客に持つ老舗のジュエリー・ブランドともなると、なにもかもが破格なのだと感心せざるを得ない。

「ユウト」

女性スタッフから急に声をかけられ、スタジオを眺めていた優斗は跳び上がるほど驚く。

「は、はい……」

「メイクをするからこっちに来て」

反応を見て小さく笑った彼女が、気さくな口調で言いながら手招きしてきた。

先ほど社長室で、〈ラファラン〉に相応しいモデルを選べと言い放ったスタッフだ。

反対していたにもかかわらず、ここでは率先して動いている。彼女だけではない、あの場にいた他のスタッフもみな同じだ。

彼らの意識はすべてカメラテストに向いている。社長命令だからというだけでなく、今の彼らにはカメラを通して見てみたいという思いがあるように感じられた。

みんなが自分のために働いていてくれている。慌ただしく動き回っている彼らを見ていると、女装が嫌だのなんだのと言っていてられなくなった。

「はい」

緊張の面持ちで返事をした優斗は、スタジオの隅になるスペースに歩み寄っていき、彼女から示された椅子に座る。

「本当ならプロにメイクをしてもらうんだけど、急なことで間に合わないから」

彼女は言い訳しつつメイク道具を手に取ると、スタッフと話しているリュカを振り返った。

「リュカ、どんな感じに仕上げます？」

「目元を強調して、口元は愛らしく」

迷うことなく答えを返してきたリュカに、優斗は椅子に座ったまま目を向ける。

彼はスタッフが用意したドレスに、なにやら注文をつけているようだ。

「あの……衣装って普段から用意してるんですか？」

首にケープを巻いてくれている女性に、素朴な疑問をぶつけてみた。

「あれは、昨日の撮影に使ったドレスよ。衣装はその都度、ジュエリーのイメージに合わせて用意しているわ」

「もし、ドレスがなかったらリュカはどうするつもりだったんでしょう？」

「どうもしないわ。リュカがドレスを用意しろと言ったら、スタッフが用意するだけだから」

笑いながら答えてくれた女性が、慣れた手つきで優斗にメイクをしていく。

顔全体にクリームを塗られ、粉を叩《たた》かれる。化粧などしたことがないから、人に顔を弄られるのは妙な気分だ。

「目を瞑《つむ》ってて」

閉じた瞼《まぶた》の上を、柔らかなブラシが何度も往復していく。

こそばゆくもあり、心地よくもあった。なんとも不思議な感覚に陥る。

「身体は細いから余裕で入るだろう。背丈は一七〇センチくらいか？　裾《すそ》が長い分には問題ないな」

スタッフと話すリュカの声が聞こえてくる。

メイクを終えたあとにドレスを着るのだと思うと、急に恥ずかしさが込み上げてきた。

人前でドレスを着ることになろうとは、まったくの予想外だ。スタッフたちは作品として見るとリュカは言ったが、こちらは生身の人間なのだから羞恥《しゅうち》から逃れるのは難しい。

もう逃げ出すことはできないとわかっていても、モデルを引き受けたことを後悔してしまう。

「うーん、いい感じ」

ルージュを塗り終えた女性の声に、思わず閉じていた目を開ける。

「見てみる？」

差し出された手鏡を受け取り、恐る恐る映し出された自分の顔を見た。

「えっ？」

手鏡に映っているのはまったく別人だった。

あまりの変身ぶりに目を丸くしていると、純白のドレスを手に歩み寄ってきたリュカに顔を覗き込まれる。

「いいね。このドレスを着て、ウイッグを着ければ完璧《かんぺき》だ」

「メイク映えする顔立ちですから、プロの手にかかればもっと可愛くなりますよ」

女性スタッフの言葉に、リュカが満足そうにうなずく。

「ユウトにこれを」

ドレスを手渡された女性に促され、優斗は椅子から立ち上がる。

「服を脱いで、下着一枚になって」

「ここで、ですか？」

「そうよ」

なにか問題があるのかというような顔をされ、しかたなくその場で服を脱いでいく。

アルバイト先のカフェでは、更衣室で仲間たちと一緒に着替えをしている。下着だけの姿になるのを恥ずかしいと感じたことない。

しかし、それは周りにいるのが男性ばかりだからであり、女性スタッフがいるところで肌を晒《さら》すのはさすがに羞恥を覚える。

「後ろ向いてくれる」

消え入りたい思いで服を脱ぎ捨てた優斗は、言われるまま背を向けた。

まるでなにも感情を持っていないような彼女の口調に、変に意識しているのは自分だけなのだと悟る。

(気にしなければいいんだ……)

ここにいるあいだは無の境地になろうと心に決め、目を閉じた優斗はドレスを着せてくれる彼女の為《な》すがままになった。

ほどなくして着付けが終わり、ドレスを纏った自分に目を向けてみる。鏡に映してみたいところだが、近くには手鏡しかないので諦めた。

純白のドレスには、レースがふんだんに使われている。胸元が深く開いていて、肩から肘《ひじ》にかけて大きく膨らんだ袖がついていた。

ウエスト部分でV字型に切り替えたスカートには、何枚ものレースが重ねられている。

長身の女性用に仕立てられたものなのか、スカートの丈が引きずるほど長かった。

(なんかスカスカする……)

スカートの中が下着一枚だと思うとどうにも心許なく、意味もなく両の腿《もも》を擦《こす》り合わせてしまう。

「これで完成。さあ、カメラの前に行きましょう」

仕上げに長いブロンドのウイッグを着けられ、優斗は自分の全身を鏡に映して見る間も与えられないまま、スタジオの中央へと連れて行かれた。

「ユウト、素晴らしい」

ドレス姿をひと目見てリュカが歓喜の声をあげると同時に、慌ただしく動いていたスタッフたちがいっせいに視線を向けてくる。

一瞬にして注目の的となった優斗は、とてつもない恥ずかしさから居たたまれなくなった。

ドレスを着た自分の姿が彼らの目にどのように映ってるのか、己の全貌《ぜんぼう》を見ていないのだから知りようもない。

無の境地でなどいられなくなり、立ち竦《すく》んだまま全身が映る鏡はないだろうかと視線だけを動かす。

「やはり私の目に間違いはなかった。あのジュエリーは君のためにあるようなものだ。さあ、撮影を始めよう」

優斗は鏡を見つける間もなく、リュカに手を引かれて背景紙の前に立たされる。

強烈なライトに照らされ、眩しさに頭がクラッとした。

「うーん、座ったほうがいいな。椅子を」

彼の一声に、スタッフがスツールを運んできた。

「ここに座って」

リュカに言われるまま、優斗は眩しさに目を細めながらスツールに腰を下ろす。

ただならない緊張にどんどん頬が引き攣ってくる。

ライトの向こう側にいるスタッフたちの姿は、こちらからよく見えない。それでも、みなが注目していると思うと、嫌でも緊張が高まっていった。

「背筋を伸ばして顔は正面に……足は横に流して手は軽く膝の上がいい」

リュカが指示を出しながら、近寄ったり離れたりして優斗を眺めてくる。

メイクや着付けはスタッフ任せだったが、ここでは彼が仕切るらしい。

長いブロンドの毛先を指で整え、ドレスの裾を納得がいくまで何度も整える。

「とても可愛いよ。無理して笑う必要はないから、このままジッとしてて」

軽く頬を叩いてきたリュカが、カメラマンの後ろへと下がっていく。

ひとり照明の中に残された優斗は、どうしていいかわからず、頬をヒクヒクさせてレンズを見つめた。

「取りあえず、これで何枚か撮ってくれ」

リュカに命じられたカメラマンが、モニターを確認しつつシャッターを切り始める。

急に静まり返ったスタジオ内に、シャッター音がやけに大きく響く。

なにをするわけでない。ただスツールに座って前を向いているだけのことだ。

けれど、自分がどんな格好になっているかもわからないまま、強烈なライトに照らされ、大勢のスタッフたちの視線を浴びていると、どんどん羞恥が募ってくる。

シャッターが切られるたびに、スツールから立ち上がってスタジオから逃げ出したい衝動に駆られた。

「アンニュイな感じがとてもいいね」

再び前に立ったリュカが、にこやかに見下ろしてくる。

前を塞ぐように立っているため、二人だけになったような気がし、わずかだが気持ちが落ち着いてきた。

「君に出会えてよかった。巡り合わせてくれた神に感謝しなければ……」

屈み込んできた彼に膝に置いている手を取られ、そっと唇を押し当てられる。

今の彼にとって自分は本当に必要な存在なのだと、改めて思わされた。

彼のためにもう少し頑張ろうといった気持ちが湧いてくる。

「ちょっと、立ってくれるかい」

握られている手を引かれ、優斗はそのまま立ち上がった。

「今度は笑顔を撮りたいんだ、笑ってみて」

「えーっと……」

普段であれば笑うことなど容易いはずなのに、頬が引き攣っているせいか上手くいかない。

「ん？　難しい？　じゃあ、別の表情を撮ってみるか」

どこか楽しげに言ったリュカが、いきなり背後に回り込んできた。

「一緒に撮ってくれ」

カメラマンに命じるなり、ヒョイと抱き上げられた。

「うわっ」

突然のことに声をあげ、咄嗟《とっさ》に彼にしがみつく。と同時にシャッターを切る音が立て続けに響いた。

「ユウトは抱き心地がいいな」

笑っているリュカを、優斗は目を丸くしたまま見返す。

「私の花嫁にならないか？　このまま教会に行って結婚式を挙げたくなってきた」

「なにを……」

冗談とわかっていても、あまりにも熱い眼差《まなざ》しに動揺してしまう。

「本気なんだ。答えてくれないか？」

まじまじと顔を覗き込まれ、一気に顔が赤くなる。

「もう……変なことばかり言ってないで早く下ろしてください」

撮影中だということも忘れて文句を言った優斗は、いつまでも下ろしてくれない彼の腕の中でジタバタと足掻《あが》く。

「暴れると危ないよ」

「下ろしてくれないからです」

「しかたない……」

優斗がムスッと頬を膨らませると、ようやくリュカが床に下ろしてくれた。

「ちょっと前を向いて」

安堵したのもつかの間、腰を摑んできた彼にクルッと前を向かされる。

「なにす……」

カメラマンの姿が目に飛び込んできた。

撮られていたことを思い出し、文句を言おうとした口を慌てて噤《つぐ》む。

「これで最後だ」

そう言ったリュカに脇《わき》をくすぐられ、優斗はくすぐったさに身を捩って逃げ惑う。

「やめて……ひっ……」

涙目で懇願すると、彼の手がピタリと止まる。

「これくらいでいいだろう」

リュカの一声にライトが次々に消えていき、周りで見ていたスタッフたちがカメラマンのもとに集まっていった。

「一緒に見てみないか？」

何事もなかったかのように言ったリュカが、先にカメラマンへと歩み寄っていく。

（もう……）

いいように弄《もてあそ》ばれた気がして不満が残ったが、自分がどう写っているのか興味がある優斗は、すぐに彼のあとを追いかけた。

「いいんじゃないか」

「お人形みたいだわ」

「リュカ、いけますよ。妖精とか天使とか、そんな神秘的な感じが合いそうな気がします」

カメラマンを取り囲み、カメラのモニターを確認しているスタッフたちが、にわかに湧きあがり始める。

「これってとても素敵。男性モデルと絡ませて、ウェディングシーンなんかどうかしら？」

「名案と言いたいところだけど、クリスマス向けなんだからウェディングはダメだろう」

「やっぱり、妖精の贈り物っていう感じかしらね」

社長室では否定的な意見ばかりを口にしていた彼らも、今はすっかり気持ちが変わってしまっているようだ。

それほど簡単に意見を覆《くつがえ》すものだろうか。不思議でならない優斗は、隙間を見つけてモニターに目を向ける。

「へっ？」

思わずおかしな声がもれた。

映し出されているのは、ちょうどリュカに抱き上げられ、戸惑った顔をしているところだ。

まるで花婿が花嫁を抱き上げているようだ。それも、本物の花嫁に見える。

何度も目を凝らしてみたが、そこに映っているのが自分とは思えなかった。

「新作のイメージ・モデルはユウトで問題ないね？」

「もちろんです」

リュカの問いかけに、異を唱えるものは誰ひとりとしていないばかりか、なぜか拍手が湧き起こる。

「では、ユウトをイメージ・モデルとしてプロモーションの企画を進めてくれ」

「はい」

さらなるリュカの言葉に声を揃えたスタッフたちが、モデルが決定すればもうここには用はないとばかりに、いっせいにその場を離れていく。

スタジオのスタッフたちも片づけを始め、にわかに慌ただしくなってきた。

「ユウト、慣れない撮影で疲れただろう？　向こうで少し休もう」

声をかけてきたリュカに、満場一致でモデルに決まったことに唖然《あぜん》としていた優斗は、気の抜けた顔を向ける。

「おいで」

手を握り取ってきた彼が、すぐ後ろにいるローランを振り返る。

「しばらく二人にしてくれ」

ローランにそう命じたリュカに、スタジオの奥にあるドアへと導かれていく。

「モデルの休憩室だ」

彼がドアを開けてくれ、先に中へと入る。

トップモデルたちのために用意されたであろう休憩室は、雑然としているスタジオとはまったく雰囲気が違っていた。

床には毛足の長い絨毯《じゅうたん》が敷かれ、壁には風景画が飾られている。全身が楽々と映し出せる鏡があり、中央にはゆったりとした革張りのソファが置かれていた。

「座って」

リュカに手を引かれ、ソファに並んで腰かける。

「はぁ……」

大きく息を吐き出し、ガックリと肩を落とす。

二人きりになったとたん、とてつもない後悔に苛《さいな》まれ始めた。

カメラテストを終えて、ことの重大さに今さらながらに気づいた優斗は、女装をさせられた恥ずかしさなどすっかりどこかへ吹き飛んでしまっている。

商品広告用の写真を撮るだけのことと甘く考えていたが、〈ラファラン〉にとっては莫大《ばくだい》な宣伝費用を投じるプロモーションのはずだ。

カメラの前に立って笑顔のひとつもつくれないような自分に、イメージ・モデルなど務まるはずがないだろう。

リュカに請われ、彼が望むならばと引き受けてしまったのは、過ち以外のなにものでもない。

「あのう……」

「なんだい？」

ソファの背に片腕を預けて身体をこちらに向けてきたリュカが、わずかに首を傾げて見つめてくる。

「やっぱり僕にはモデルなんて無理です。きっとリュカのたいせつな作品を台無しにしてしまいます」

意を決して彼を真っ直ぐに見つめた。

断るなら早いほうがいい。今ならまだ他のモデルを探せるはずだ。

「ユウトは優しいんだね。大丈夫、幾度となくプロモーションを成功させてきた私の優秀なスタッフたちも、ユウトを絶賛していたじゃないか」

「でも、僕……失敗したらって思うと怖くて……」

「君がモデルなら失敗などしない。広告を打ち出したとたんにパリ中の話題になるよ」

微笑みを浮かべるリュカは、まったく聞き入れてくれない。

なぜそれほどまでに確信を持って言い切れるのか。どうしてそこまで自分に固執してくるのか理解できなかった。

「ユウト、誰でも初めてのことに挑戦するときは怖いものだ。けれど、君なら絶対にやれる」

両の手でそっと頬を挟み込んできた彼が、熱い眼差しを向けてくる。

「だから怖がらないで……」

静かに囁いた彼の唇が、ゆっくりと近づいてきた。

「んっ」

突然のくちづけに、ピクッと肩が跳ね上がる。

あまりの驚きに、反射的に彼の胸に手を押し当てた。けれど、彼はその手を摑み取り、容易く抗《あらが》いを阻んでくる。

「うう……」

彼はさらに片腕できつく抱き締めてくると、より深く唇を重ねてきた。

せめてもの抵抗とばかりに歯を食いしばる。

彼がキスしてきたのはこれで二度目だ。理由がわからないまま、唇を奪われておとなしくしていられるわけがない。

「ふ……っん」

先日のように、唇が触れ合っただけで終わりにならなかった。

必死に歯を食いしばっているのに、彼はかまわず歯列を舌先でなぞってくる。

今にも歯列を割って舌先が入ってきそうだ。

彼は本格的なくちづけをしようとしている。

どうあっても拒まなければと思っているのに、息苦しさにあごの力が抜けていき、歯を食いしばることができなくなった。

「んんっ」

あごが緩んだ瞬間を彼は逃すことなく、すかさず舌先を滑り込ませてくる。

そればかりか、優斗の舌を搦《から》め捕《と》ろうとしてきた。慌てて舌を引っ込めると、今度は舌先で口内をまさぐってくる。

歯列の裏側や口蓋《こうがい》を丹念に舐められ、悪寒とは異なるゾワゾワとした感覚が背筋を駆け抜けていく。

いつまでも続くくちづけに溢れた唾液《だえき》が唇の端から伝い落ちる。どこで息継ぎをすればいいのかわからず、苦しくてたまらなかった。

「はぁ……」

これ以上はもう無理と思ったところで、ようやくリュカの唇が離れ、優斗は肩で大きく上下させて呼吸を整える。

「ユウト、愛《いと》しいユウト……」

唾液に濡《ぬ》れた優斗の唇を指先で拭いながら、彼が柔らかに目を細めて見つめてきた。

「どうして……」

呼吸が乱れて言葉が続かなかったが、それでも言いたいことは伝わったようだ。

「愛しているんだ、ユウト。私は君をモデルとして気に入っただけではない。ひと目見たときから、君の虜《とりこ》になっていた。この気持ちはもう抑えようがない」

驚くべき愛の告白に、優斗は目を丸くした。

愛していると言われたのは初めてだ。すぐには信じられない。

「嘘……」

「私の愛は真実だ。君を手に入れるためなら、私はどんなことでもするつもりだ」

真っ直ぐに見つめてくる彼の瞳を見れば、本気だとわかる。

初めて〈ポンピドゥー・センター〉で見た瞬間、彼に強く惹かれた。彼も自分に対して同じ気持ちを持ったというのだろうか。

「でも、僕は……」

困惑の面持ちでリュカを見返す。

彼は誰もが見惚れるような美男子だ。立ち居振る舞いも優雅で、意志の強さや行動力に魅力を感じる。

けれど、素敵な彼と一緒にいたいと思うのは、同じ男として憧れを抱いているだけのような気がした。

「愛しているんだ、誰よりも君を愛している。私の瞳には君しか映っていない」

リュカは躊躇うことなく愛の言葉を口にしてくる。

不思議なことに、愛していると言われて嫌だとは思っていない自分がいる。

このまま彼の愛を受け入れたら、憧れが愛や恋に変わったりするのだろうか。それとも、惹かれたり憧れたりするのは、すでに恋しているからなのだろうか。

絵のことばかりを考えて過ごしてきたから、真剣に恋愛をしたことがなく、恋する気持ちというものがよくわからなかった。

「あの……僕はリュカが嫌いではありません。初めて会ったときからとても惹かれています。あなたと一緒にいると楽しいし、もっと一緒にいたいと思うくらい……」

「ありがとう、ユウト」

言い終えるより早く両の腕できつく抱き締められ、言葉を続けられなくなる。

まだ彼の気持ちに応える決心がついていたわけではない優斗は、慌てて抱き締めてくる彼の腕を解く。

「待ってください」

両手で胸を押し戻すと、リュカが訝《いぶか》しげに眉根を寄せて見返してきた。

「僕はちゃんと恋愛をしたことがなくて……惹かれている気持ちが恋なのかどうか……」

素直な気持ちを口にしたものの、急に恥ずかしくなってしまい、顔を赤くして項垂《うなだ》れる。

二十二歳にもなって恋愛のひとつもしていなければ、日本にいても呆《あき》れられてしまう。

この国の人々は、時と場所をかまわず愛を語る。そんな国に生まれたリュカは、きっと日本人以上に呆れたことだろう。

よけいなことを言わなければよかったと後悔した優斗が、膝に置いている手を見つめていると、リュカが肩を抱き寄せてきた。

「私に惹かれる気持ちが恋心以外のなにものだというんだい？　私たちは初めて会ったあの日からともに恋に落ちていたんだよ。君は恋愛をしたことがないから、気づいていないだけだ」

恋愛経験がないことを呆れるでも笑うでもなく、耳元でことさら甘く囁いた彼が、首筋にくちづけてくる。

「でも……」

「恋ではないというなら、私にキスをされたら全力で拒むはずだろう？」

耳たぶを甘嚙みされて胸がドキッとした瞬間、髪に指を滑り込ませてきた彼に再びくちづけられた。

「んっ」

勢いに任せて、舌先を忍び込ませてくる。

逃れる間もなく舌を搦め捕られ、きつく吸い上げられた。

「う……んん」

今度は胸の奥がズクンと疼《うず》く。

初めて味わう感覚に激しく戸惑ったが、抵抗しなければといった思いは、これっぽっちも湧きあがってこない。

そればかりか、何度も唇を啄まれ、搦め捕られた舌を吸われているうちに、頭が朦朧《もうろう》として身体から力が抜けていった。

(拒まないのはリュカが好きだから？)

彼の言葉に流されているのではないかという考えが脳裏を過ぎるが、唇から逃れたい気持ちは起こらない。

逞《たくま》しい腕に抱かれ、指先で髪を弄ばれ、唇を重ね合わせているのが心地いいのは、きっと彼と恋に落ちてしまったからなのだろう。

「んふ……」

すっかり身を委《ゆだ》ねた優斗は、夢見心地でリュカが与えてくれる甘いくちづけに酔いしれた。

「ユウト、私の恋人になるね？」

わずかに唇を離した彼の囁きに、まるで催眠術にでもかかったかのように、コクリとうなずき返す。

「いい子だ」

フッと笑った彼の吐息が唇をかすめただけで、小さな身震いが起こる。

(リュカの恋人……)

夕焼けに染まったセーヌ川沿いを二人で歩く姿をぼんやりと思い浮かべながら、優斗は改めて唇を塞いできたリュカと濃厚なくちづけを交わしていた。

第五章

スタジオでメイクを落として着替えをすませた優斗は、恋人になった祝いをしようと言うリュカに連れられ、彼が暮らしている屋敷に来ていた。

屋敷はブーローニュの森にほど近い、パリでも高級住宅街として名高い十六区の北側にある。セーヌ川を挟んで向こうにエッフェル塔が見える、どこよりも治安のいい地域だ。

アルバイト仲間のジャンが言ったとおり、広い敷地に建つ巨大で壮麗な屋敷は、まるで城のようだった。

門を抜け、贅沢な装飾が施された重厚感溢れる正面玄関を入ると、まず広いホールがある。吹き抜けになっている高い天井には明かり取りのガラスがはめ込まれ、床や壁には年代を感じさせる美術品の数々が飾られていた。

パリに来た当初の優斗は、観光客と同じように名所巡りをした。とにかく、パリにあるものをできるだけ多く自分の目で見ておきたかったのだ。

パリは街並み自体が観光名所と言っても過言ではなく、歩いているだけでも充分に見応えがある。

とはいえ、やはり美術館、博物館、有名な建築家の手による館などの造りは圧巻で、しばし呆然と眺めたものだった。

リュカが暮らす屋敷は、そうした名だたる建築物にまったく引けを取らない。ここで普通に生活していることがにわかには信じられないくらいだ。

老舗ジュエリー・ブランドの経営者である彼が、贅沢な暮らしをしているだろうことは容易に察せられたが、現実は遥かに想像を超えていた。

リュカに愛の告白をされ、熱烈なくちづけをされ、強く惹かれているのは恋しているからだろうと、恋人になることを同意してしまったが、暮らしぶりを見たとたん不安になった。

「我が家には腕のいい料理人が何人もいるんだ。きっとユウトも料理を気に入るよ」

迎えに出てきた執事のヴェルニュに先導され、優斗と並んで長い廊下を歩くリュカは、とても上機嫌のようだ。

「楽しみです」

機嫌を損ねさせるのも申し訳なく、笑顔を向けて言いはしたが、本心は違っている。

彼が運転する車に乗ってここまで来るあいだは、興味と期待でいっぱいだったが、今は回れ右をして屋敷を逃げ出したい気分に陥っているのだ。

どれほど美味《おい》しそうな料理を並べられたとしても、たぶん味わうどころではない。緊張と不安から、食事が喉《のど》を通るかどうかも怪しかった。

「ああ、すでにいい香りがしている」

リュカがことさら大きく息を吸う。

考えごとに気を取られていた優斗は、香りにすら気づかず苦笑いを浮かべた。

「さあ、入って」

彼に促されて二人でダイニングに入っていく。

先に入っていったヴェルニュは、部屋の奥にある扉の向こうに姿を消した。

広くて天井が高い部屋の中央に、純白のクロスをかけたとてつもなく長い楕円形《だえんけい》のテーブルが置かれている。

テーブルの上には洒落た金色の燭台《しょくだい》が幾つかあり、すべての蠟燭《ろうそく》に火が灯《とも》っていった。部屋の照明は蠟燭の灯《あか》りだけで、やけに薄暗く感じられる。

「ここに座って」

優斗のためにリュカが椅子を引いてくれた。

車を乗り降りする際も、彼は必ず助手席のドアを開け閉めしてくれる。

上流階級の彼にとってエスコートすることはあたりまえなのか、ごく自然体でこちらに戸惑う間も与えない。

そんな彼を素直に格好いいと思うが、同時に住む世界が違うことを思い知らされてしまう。

「ありがとうございます」

礼を言って静かに腰を下ろす。

目の前には銀食器が整然と並んでいる。

中央のプレイスプレートにはきっちりと折りたたまれたナプキンが置かれ、その両脇には何本ものナイフ、フォーク、スプーン、さらには形の異なる三つのワイングラスが並んでいた。

日本ではもちろんのこと、フランス料理の本場に来てからも、フルコースの料理を食べたことがない。

高まっていくばかりの緊張感に、食事が喉を通るどころか、料理に手が出せないような気がしてきた。

「気楽にしてくれていいんだよ」

向かい側に腰を下ろしたリュカはそう言ったが、音もなく現れたヴェルニュの姿に、ますます緊張に身体が硬くなる。

「あの……」

耐え難い緊張感に、優斗は意を決して口を開いた。

「どうした？」

ナプキンに手をかけていた彼が、軽く首を傾げる。

「僕、無理です」

「なにがだ？」

眉根を寄せたリュカがナプキンから手を離し、身を乗り出してきた。

「僕は平凡な家庭に育ってきました。絵を描くことしか取り柄がない、ごく普通の日本人なんです。リュカにとはつきあえない……〈ラファラン〉の経営者であるあなたには、もっと相応しい人が他にいるはずです」

胸で渦巻いていた思いを吐露した優斗は、きつく唇を噛みしめて項垂れる。

恋人になることに同意してから、まだいくらも経《た》っていない。

それなのに、こんなことを言わなければならないのは申し訳なく、辛い。けれど、現実を目の当たりにしたことで、自分が彼に相応しくないと実感した。

このまま彼とつきあうことなど、とてもできそうにない。どれほど彼が愛してくれていても、惨めな思いをするだけに決まっていた。

「ヴェルニュ、食事はあとにする」

そう言うなり立ち上がったリュカが、テーブルを回り込んでくる。

「二人だけで話そう」

優しく声をかけてきた彼に腕を取られ、優斗は素直に腰を上げた。

自分から前言撤回をしておきながら、未練が残っている。

彼とはまだ三回しか会っていない。一緒に過ごした時間などささいなものだ。それなのに、つきあえないと自ら口にしたとたん、離れがたい思いが押し寄せてきた。

苦しいほどに胸が締めつけられる。自分でも気づかないうちに、彼に惹かれる気持ちが強まっていたようだ。

「おいで」

腰に手を回してきた彼に促され、ダイニングを出て行く。

長い廊下を歩き、階段を上り、さらに廊下を歩き、ひとつの部屋に通された。

リュカの寝室だろうか。正面にマントルピースつきの暖炉があり、朱色の幕を垂らした大きな天蓋《てんがい》付きのベッドが中央に置かれている。

ベッドの向かい側には見た目が華奢な猫脚の長椅子があり、優斗はそこへと導かれた。

先に腰かけた彼に手を軽く引かれ、無言で並んで腰を下ろす。

すぐに肩に手を回してきた彼に、そっと抱き寄せられた。

「私は他の誰でもなく、ユウトこそが私に相応しい相手だと思っている。ようやく見つけた運命の相手を……心から愛する君を、この手から逃すつもりはないよ」

「でも、僕はフランス料理のフルコースを食べたこともない、安いアパートで貧乏生活を送っている、まだ画家の卵とも言えないような未熟な人間なんですよ。ぜんぜんリュカと釣り合いが取れません」

「生まれ育った環境はそれぞれ異なるし、身分の差もあるだろう。だが、そんなことは問題じゃない。互いに愛し合っているかどうかが重要なんだよ」

あごに手を添えてきた彼に顔を上向かされ、いつもと変わらない魅惑的な瞳で見つめられ、ますます離れがたい思いに駆られる。

「私はユウトを愛している。たとえ他人からなにを言われても、愛する気持ちは変わらない。君に辛い思いなどさせない。もし、そんな輩が現れたときには、徹底的に排除してやる。君のいない暮らしなど、もう考えられない」

思いの丈をぶつけてきたリュカが両手で抱き締め、何度も背を撫でてくれた。

「ユウト、他に相応しい人がいるなんて、もう二度と言ったりするな」

きつく抱き締め、背を優しく撫で、髪にくちづけてくる。

彼の強い愛が、心に深く染み渡っていく。

「ユウト……」

抱き締める腕を緩めたリュカが、髪から頬へと手を滑らせ、迷いが露《あら》わになっている優斗の瞳を覗き込んでくる。

彼は〈ラファラン〉の経営者という立場がある。貴族の血を受け継いでいる彼は、社交界の華的存在に違いない。

そんな彼の恋人が、本当に自分でもいいのだろうか。脳裏に浮かんでくるのは不安ばかりだ。

「ユウト、私から離れないでくれ」

見つめてくる真摯《しんし》な瞳は揺らぐことがない。

自分を魅了してやまない瞳を、今にも溢れそうな涙を堪《こら》えつつ見つめ返す。こんなにも惹かれているのに、心から愛してくれているのに、離れられるわけがなかった。

「リュカ……あなたと一緒にいたい……」

震え出した唇でそう言い、無我夢中で彼にしがみつく。

「ユウト……」

安堵のため息をもらした彼が、肩を抱き寄せたまま立ち上がり、身体を寄せている優斗は一緒に腰を上げる。

「今夜は君を帰さない」

甘く囁いてきた彼に抱き上げられ、ベッドへと運ばれていく。

「リュカ？」

優斗はさすがに焦る。

恋愛に疎《うと》いとはいえ、この状況がなにを意味するかくらいは理解できる。それに、男同士のセックスがどういったものかを知らないほどウブでもない。

リュカの恋人になる覚悟を決めたとはいえ、いきなりベッドに連れ込まれて慌てないわけがなかった。

「愛する人を欲するのは男の性《さが》だ。ユウトだってわかるだろう？」

抱き上げたままベッドに乗った彼に、そっと身体を横たえられる。

彼を好きになっている自分に気づいたばかりだ。すぐに身体を重ねることには、まだ躊躇いがある。

それでも、もうすぐ二十三歳になるのだから、この期に及んで騒ぎ立てるのは男らしくないと思ってしまう。

恋人になると決めたからには、いずれは通る道なのだ。それが、ちょっと早まったに過ぎない。なにより、リュカに笑われたくなかった。

「先にシャワーを浴びたい？」

真顔で聞かれ、顔を真っ赤にして首を横に振る。

彼のことだから、二人でシャワーを浴びるつもりでいるだろう。自分でも変に思うのだが、裸で身体を重ねるよりも、一緒にシャワーを浴びるほうが恥ずかしい気がしたのだ。

「じゃあ、シャワーはあとにしよう」

にこやかに言ったリュカが、膝立ちのままスーツの上着を脱ぎ捨て、ネクタイの結び目を緩めていく。

彼が裸になっていくのを眺めているのも妙に感じられ、優斗は豪奢な天蓋をジッと見つめた。

これほどまでに贅沢なベッドを見るのは初めてだ。身体が沈み込みそうなほど柔らかで肌触りがいい寝具は、さぞかし寝心地がいいことだろう。

リュカにとってはここで寝起きするのが日常なのだと思うと、改めて生まれ育った環境の違いを実感する。

「ユウト？」

名前を呼ばれて横に視線を移すと、上半身を露わにした彼が膝立ちのままこちらを見下ろしていた。

スーツを着ているときはスマートに見えるが、いざ裸になるとかなり逞しい胸をしている。

胸だけでなく、両の腕にはほどよく筋肉がついていて、貧弱な自分の身体を彼に見られるのが恥ずかしくなってきた。

しかし、こちらの思いなど知る由もない彼は、隣に横たわってくると、優斗が着ているシャツのボタンに遠慮なく手をかけてくる。

「あっ……」

意を決したはずが、反射的に彼の手を押さえていた。

「ユウトはまだ未経験なんだろう？　できるだけ優しくするから心配しなくていい」

「えっ？　どうして知って……」

童貞だと気づかれていた驚きと羞恥に、全身がカーッと熱くなる。

「まともに恋愛をしていないと言っただろう？　まあ、恋人以外とセックスをする男もいるが、君が興味本位でセックスするとは思えないからね」

リュカがシャツのボタンを外しながら、なんでもお見通しだとばかりに笑う。

瞬く間にシャツの前がはだけ、優斗のなだらかな胸が空気に晒される。

「綺麗な肌をしているな」

しばし見つめてきた彼が、そっと手のひらを胸に置いてきた。

「ひゃっ……」

ただ手が胸に触れただけなのに、引き攣った声が出てしまい、自分が情けなくなる。

「いい声だ」

楽しげにつぶやいたリュカに胸を撫でられ、こそばゆさと恥ずかしさについ寝返りを打ってしまう。

けれど、彼はそれを咎めることなく、片手で優しく仰向《あおむ》けにさせると、身体を重ねてきた。

「初めての相手が私だと思うと、喜びもひとしおだ」

耳を舐めるようにして囁き、首筋に唇を押しつけてくる。

何度も啄むように柔らかな肌を吸われ、そこから甘い痺《しび》れが湧きあがってきた。

「ん……ふっ」

唇から勝手に零れた甘ったるい自分の声に、羞恥が煽《あお》られる。

熱が引いていない身体がさらに熱くなった。

「つん……」

唇が首筋から肩に移っていく。

音を立てて肌を吸う唇が、ついには胸の小さな突起を捕らえた。

「あぁ……」

優斗はくすぐったさに身を捩るが、彼は気にしたふうもなく口に含んだ乳首を舌先で転がし始める。

丹念に舐められるほどに、くすぐったさは甘酸っぱい痺れへと変わっていき、零れ落ちる声が大きくなっていく。

「はっ……ああ……んん」

乳首で感じているのが信じられなかったが、舌先で硬く凝《しこ》った小さな塊を舐められるのは、気持ちよくてたまらなかった。

敏感になっている突起を、ときには舌先で転がし、ときは強く吸い上げていた彼が、少し身体をずらして片手を優斗の脚のあいだに差し入れてくる。

「反応しているね」

デニムパンツの上から股間《こかん》に触れてきた彼のひと言に、とめどなく湧きあがってくる快感に溺《おぼ》れていた優斗はハッと我に返った。

指摘されて初めて、己の身体の変化に気がつく。彼の言葉どおり、そこは紛れもなく熱を帯びて疼いていた。

「うんっ」

デニムパンツ越しに軽く己自身を摑《つか》まれ、ズンと大きくなった疼きに肩が跳ね上がる。

「ユウトは可愛いな」

リュカが熱っぽい瞳を向けてきた。

この状況で可愛いと言われても困るだけで、唇をキュッと結んで顔を背ける。

「君の甘い声をもっと聞きたい」

笑いを含んだ声が耳をかすめると同時に、ファスナーを下ろす音が聞こえてきた。

彼は直に触れてくるつもりなのだろう。自分以外は誰も触れたことがない己が、彼の手に包まれると思っただけで、中心部分の熱が一気に高まり強度を増す。

「元気いっぱいだ」

リュカはクスッと笑ったかと思うと急に起き上がり、下着ごと優斗のデニムパンツを脱がしにかかる。

抗う間もなく下半身を露わにされた。ついでとばかりにソックスもポイポイと脱がされ、前がはだけたシャツ一枚にさせられる。

「やだっ」

彼にすべてを見られているのが居たたまれず、咄嗟に両手で股間を覆った。

「そんなことをしても無駄だよ」

意味ありげな笑みを浮かべた彼が、剝《む》き出しの脚を左右に大きく割ってあいだに入ってくる。

「リュカ?」

両手で股間をしっかりと隠したまま、驚きに目を丸くしてリュカを見上げた。

まさか、このまま身体を繋《つな》げるつもりなのだろうか。

自分が彼自身を受け入れる場所がわかっているだけに、いまさらながらに恐怖が襲ってきた。

「まずは味見だ」

微笑んだ彼が、股間を覆っている優斗の手を摑んでくる。

反射的に手に力を入れたが、その程度の抵抗は役に立たない。いとも簡単に両手を脇にどけられてしまった。

「本当に元気だな」

両手を押さえ込んでいる彼が、股間をマジマジと見つめてくる。

頭を起こして己を見てみれば、消え入りたいほどの羞恥に見舞われているというのに、悠々と天を仰いで揺れ動いていた。

あさましい状態の己を目にするのは初めてで、とても見ていられずにサッと顔を逸らす。

「小振りで、色も綺麗だ」

いちいち言葉にするなと言おうとしたが、言葉にならなかった。股間に顔を埋めてきた彼に、硬く張り詰めた先端をペロリと舐められたのだ。

「ひっ……」

慌ててリュカの頭を摑む。

「やだ……そんなこと……」

両手で摑んだ頭をどうにか股間から遠ざけようとするが、抗いを無視した彼は先端部分を口に含んできた。

「あっ……あぁ……」

咥《くわ》えた先端をきつく吸われ、これまで味わったことがない強烈な快感が走り抜けていく。

一瞬にして全身から力が抜けていき、彼の頭を摑んでいた両手が滑り、パタッとベッドの上に落ちる。

「やっ……ふんっ……」

たまらない快感に身を捩ると、片腕で腰を抱き込み、動きを阻止してきた。

そうして、音が立つほどに激しく先端部分を吸われ続け、快感に呑み込まれていく。

優斗の下腹が激しく波打ち、投げ出している細い足先がヒクヒクと震えた。

熱く脈打つ己が、徐々に馴染《なじ》みある感覚に包まれてくる。下腹の奥から迫《せ》り上がってくるそれは、強烈な射精感だった。

「リュ……カ……」

喉の奥深く咥えられた己を、窄《すぼ》めた唇でつけ根から扱《しご》き上げられ、全身を震わせながら妖《あや》しく腰を揺り動かす。

知っているのは自慰による快感だけだ。熱を帯びた楔《くさび》にねっとりと絡みつく舌や、上下に動く唇によって与えられる快感は、我を忘れてしまうほど衝撃的だった。

「んっ、んんっ……」

射精感は強まるばかりだが、リュカは舌と唇を動かし続けてくる。

痛いほどに力を漲《みなぎ》らせている己は、達したくて悲鳴をあげていた。

裏筋やくびれに沿って舌先を何度も這《は》わされ、そこかしこで快感が炸裂《さくれつ》する。

「あぁ……あんっ……あぁぁ」

聞いたことがない己の喘《あえ》ぎ声や、口淫《こういん》の淫《みだ》らな音に、羞恥をすっかり忘れた身体がどんどん昂揚していく。

ほどなくして、股間で渦巻く射精感が耐え難くなってきた。これほどまでに強い射精感は経験したことがない。

「やっ……リュカ……出る……だめ……」

一瞬たりとも我慢できないところまで、優斗は追い詰められている。

このままでは、リュカの口内に吐精してしまう。そんなことが許されるはずがない。

なんとしてでも口から逃れなければと、腰を揺らして逃げ惑う。

「お願い……離して……」

優斗の懇願などまるで耳に届いていないのか、彼は硬く張り詰めた己により深く食らいついてくる。

リズミカルに頭を上下させ、熱い塊を唇で扱いていく彼は、達するまで解放してくれる気はないらしい。

「出……ちゃ……う」

我慢の限界を超えて腰を突き出した優斗は、シーツに細い指を食い込ませ、大きくあごを反らして極まっていく。

「んっ――くっ」

弓なりに背を反らしたまま、リュカの口内に欲望のすべてを迸《ほとばし》らせる。

「あっあっ……あぁぁ」

甘ったるい痺れが、全身に満ちていく。

力の抜けた指先までが、じわじわと痺れてくる。

深くベッドに沈んだ身体が、まさに天にも昇る心地の解放感に包まれていた。

余韻に浸りながら、このまま眠りについてしまいたい。そんな気分だったが、リュカは許してくれなかった。

「や……ぁ」

吐精したばかりの己自身を、彼が強く吸い上げてきたのだ。

シーツを握り締め、腰を浮かせて身震いする。

強烈すぎる快感は、気持ちがいいのを通り越して辛くすらあった。

「ユウト」

呼びかけてきたリュカを、息も絶え絶えに見上げる。

彼は満足そうな笑みを浮かべていた。だが、唾液と己が放った精に濡れた彼の唇を目にし、現実に引き戻された優斗はただならない羞恥に襲われる。

嫌だというのに口を離してくれなかった彼が悪いとはいえ、堪えきれずに咥えられたまま吐精してしまった己を恥じた。

「すみません……」

「どうして謝るんだい？」

リュカがそっと身体を重ねてきた。

優しく抱き締められ、羞恥より申し訳なさが募ってくる。

「僕……我慢できなくて……」

顔を見ることもできず、赤く染まった顔を彼の広い胸に埋める。

「君が気持ちよくなれたなら、それでいい」

耳元で甘く囁いた彼が、背に回している片手を滑り落としていく。

腰を通り過ぎた手が、小さな尻山を柔らかに撫で回してきた。

「んっ……」

こそばゆさに身を捩ったのもつかの間、指先で尻のあいだをツイッとなぞられる。

「ひゃっ」

驚きに胸に埋めていた顔をパッと起こす。

「ここを使うことくらいは知ってるのかな？」

静かな声の問いかけに、頬を引き攣らせながらうなずき返した。

にわかに湧きあがってきた恐怖に、全身が硬直する。

「怖がることはない。セックスは楽しくて気持ちのよいものだ」

強張《こわば》りを感じ取ったらしく、リュカが安心させるように優しく微笑んできた。

それでも、完全に恐怖は消え去ることなく、身体が小刻みに震える。

「今日はよしたほうがよさそうだな……」

さすがに続けるのは無理だと思ったのだろうか、小さなため息をもらした彼が、抱き締めている腕を解き、起き上がろうとした。

「待って……」

優斗は慌てて彼の腕を摑む。

「大丈夫です……僕……このまま……」

彼に必死な瞳を向ける。

次の機会が巡ってきたときも、同じような恐怖に囚《とら》われる。そのたびに、彼に諦めさせるようなことはさせられない。

怖がっていたら先へは進めないのだ。すべてを彼に任せればいい。彼なら羞恥も不安も払拭してくれるはずだ。

「ユウト……」

優斗が摑んでいる腕をグイッと引くと、破顔したリュカが改めて抱き締めてきた。

「できるだけ優しくするよ」

耳元で甘く囁きながら、指先で唇を撫でてくる。

こそばゆさにプルッと肩を震わせると、唇をなぞっていた指が口の中に入ってきた。

急なことにわけがわからず、瞬きしながら彼を見返す。

「舐めてごらん」

熱い瞳を向けてくる彼に促され、目を見開いたまま咥えさせられた指に舌を絡めた。

どうして指を舐めさせられているのだろう。そんな疑問が浮かんできたけれど、彼にすべてを任せると決めた優斗は無心で唾液を纏わせた。

「そう、いい子だ」

リュカがあやすように言いながら、ゆっくりと指を口の中から抜き出す。と同時に仰向けの身体を反転させられ、さらには腹をすくい上げられた。

「あっ……」

腰が浮き上がり、四つん這《ば》いになる。シャツを着ているとはいえ、下半身は露わだ。そんな姿で獣のような格好をさせられた優斗は、慌てて彼を振り返る。

「おとなしくしてなさい」

柔らかな声音ながらも、抗いを許さない口調で命じてきた彼が、片手でグイッと背中を押さえつけてきた。

これまで以上に尻が高く上がり、耐え難い羞恥を覚える。それでも、抵抗してはいけないと自らに言い聞かせ、目に入ってきた枕を急ぎ抱き寄せて顔を隠す。

「ユウトは初めてだから、少し時間をかけるよ」

指先が秘孔に押し当てられた。

自分が先ほどまで咥えていた指を、そうした目的に使われるとは考えもしない。恥ずかしくて顔から火を噴きそうになる。

「力を抜いてごらん」

無意識に力んでいたのか、彼に言われて尻の力を緩めると、濡れた指先が秘孔に入ってきた。

「ん、くっ……」

小さな痛みが走り抜け、尻をキュッと窄めてしまう。

実際に身体を繋げる前に慣らすつもりなのだろうと察せられたが、秘孔に感じる異物感は耐え難く、彼の指から逃れようと無闇《むやみ》に腰を振った。

「動いてはだめだよ」

背中を押さえている手に力を込めてきたリュカが、秘孔に差し入れた指先をさらなる奥へと進めてくる。

「いっ……」

先ほどより強い痛みに涙が滲《にじ》んできたが、動きを抑え込まれていてはどうしようない。

枕《まくら》に顔を押しつけたまま、歯を食いしばって痛みを堪えた。

男同士が結ばれるためには、こうするしかない。繋がり合えた悦《よろこ》びは、いずれ訪れる。そうわかっていても、痛い思いをしている優斗は逃げ出したくてしかたなかった。

「やっ……もっ……やめて……」

秘孔を貫いた指を抜き差しされ、ピリピリとした痛みと消えない異物感に頭を起こし、涙顔でリュカを見つめる。

けれど、彼は微笑むばかりで指の動きを止めてくれない。そればかりか、今度は中を探るように動かしてきた。

どれほど足掻いても逃れられない優斗は、己の中で指が動き回る不快感に、唇をきつく嚙んで項垂れ、己の中で指が動き回る不快感に耐える。

「さすがに締まりがいい」

どこか楽しげなリュカの声が耳に届くと同時に、指が二本に増やされた。柔襞《やわひだ》が思い切り広げられ、不快感が一気に増す。

「んっ……」

かつてない痛みが走り抜け、息ができなくなる。

苦しくてたまらない。いったい、いつまでこんなことが続くのだろうか。少しも気持ちよくならないことに不満が募ってくる。

「やぁ――っ」

予期せぬ衝撃に悲鳴をあげ、全身をガクガクと震わせた。

身体中から汗が噴き出してくる。

「やっ……なに……」

貫いている指先に力を込められた瞬間、そこでなにかが弾けた気がした。

同じところを再度、グイッと押し上げられ、目の前を閃光《せんこう》が駆け抜けていく。

「はっ、あぁぁ」

一瞬、達したかと思った。けれど、吐精したわけではない。昇り詰めた瞬間に味わう快感だけが訪れたのだ。

自分の身になにが起きたのかわからず、驚愕《きょうがく》の面持ちでリュカを振り返る。

「男も中で快感を味わえるんだよ」

にこやかに言いながら、同じ場所を幾度も刺激してきた。

「やっ……あああぁ――ああっ、あっ――」

身体の内側から、なにもかもがもれ出してしまいそうなほど気持ちがいい。

あまりの快感に我を忘れた優斗は、大きくあごを反らして喘ぎながら、高く掲げている尻を淫らに揺り動かす。

自慰ではけっして味わえない快感は、おかしくなってしまいそうなほど強烈だった。

リュカに惜しげもなく尻を晒している恥ずかしさも、秘孔を貫かれている痛みも忘れ、絶え間なく訪れる快感に身悶《みもだ》える。

「もういいだろう」

唐突に快感が途切れ、異物感がなくなった。

「はぁ……」

快感が遠ざかっても、身体の震えが収まらない。そればかりか、口淫で達して萎《な》えたはずの己が、痛いほどに硬く張り詰めていた。

「ユウト、ようやく君のすべてを手に入れられる……」

スラックスの前を開く音に続いて、少し上擦《うわず》った彼の声が聞こえ、指で貫かれていた秘孔に熱い塊があてがわれる。

それが彼自身だと気づき、ハッと我に返った優斗は、首を巡らせて彼を見上げた。

「いくよ」

短く言った彼に、灼熱《しゃくねつ》の楔で貫かれる。

「う、あああぁ――――」

身体を裂かれるような激痛に、叫び声を部屋中に響かせた。

痛みは我慢しがたく、抱き寄せている枕に爪《つめ》を立てる。

二本の指で貫かれた痛みなど、痛みのうちに入らないくらいの激痛だ。とめどなく涙が溢れてくる。

「やめて、痛い……リュカ……」

堪えきれようもなく懇願したが、彼は耳を貸してくれることなく、グイグイと腰を押しつけてきた。

苦しすぎて息がつけない。ものすごい圧迫感に、胃の中のものが込み上げてくる。汗と涙で顔がグチャグチャだ。

「もう少し……あと少しの我慢だ」

息遣いも荒く言ったリュカが、あろうことか貫いたままベッドに横になった。

「うぐっ」

大きな動きに唸《うな》り声をもらし、全身をガクガクと震わせる。

「すまない……」

彼が申し訳なさそうに詫《わ》びて、背中越しに優しく抱き締めてきた。

動きが止まり、いっとき安堵する。相変わらず秘孔は激痛に悲鳴をあげているが、動かれるよりはよほどましだった。

「ユウト、君の中は気持ちがいい」

耳たぶを甘噛みしてきたリュカの手が、スルリと股間に落ちてくる。痛みに縮こまってしまった己自身を柔らかに握られ、細い肩がヒクンと跳ねた。片手でやわやわと揉《も》み込まれ、緩やかに扱かれ、萎えた己から快感が湧きあがってくる。

「は、あぁ」

紛れもない快感に、思わず甘ったるい声がもれた。

身体から強張りが解けていき、意識が愛撫されている己に向かう。

「大丈夫かい？」

肩にあごを乗せてきた訊ねてきたリュカに、汗と涙に顔を濡らしたままコクリとうなずいてみせる。

彼自身に貫かれている秘孔は、相変わらず痛みを放っている。それでも、感じているのは痛みだけではなかった。

身体の内側に感じる彼の熱と脈動に、痛みを超えた悦びを感じているのだ。これが好きな人とひとつになるということなのだと、まさに実感していた。

「愛してるよ、ユウト……」

甘い声で耳をくすぐられ、さらには胸の小さな突起を摘み取られ、股間で渦巻く快感に乳首から走り抜けた痺れが加わり、甘ったるい声がもれる。

「ん……ふっ」

熱心な愛撫に熱を帯び始めた己が、より力を漲らせていく。

馴染みある感覚が、下腹の奥から迫り上がってくる。硬く凝った胸の突起から、全身に広がっていく甘い痺れに、すっかり秘孔の痛みを忘れていた。

「はっ……あぁん……」

リュカの指先が、蜜《みつ》に濡れた鈴口を刺してくる。

弾けた快感に腰を捩ると、その動きで忘れていた秘孔の痛みが蘇《よみがえ》ってきた。

自然と意識がそちらに向かったが、親指の腹で鈴口の内側を抉《えぐ》られると、とてつもない快感が駆け抜けていき、一瞬にして痛みを忘れる。

「リュカ……ん……あぁ」

押し寄せてきた抗い難い射精感を、指先で摑んだシーツに縋《すが》って耐えた。

もとから性欲が弱く、自慰もたまにしかしない。日に二度も達するなど、これまでは考えられなかったことだ。けれど、感じているのは間違いなく射精感だ。それも、驚くほど強い。

短時間に二度も達してしまうのが恥ずかしく、必死に堪えようとするのだが、巧みな彼の愛撫にどんどん追い詰められていく。

「もう限界なのか？」

察しのいいリュカは笑っていたが、その吐息にすら体温が上がり、どうしようもない射精感に襲われた。

吐精を望む己は熱く疼き、彼に弄られている鈴口からは、とめどなく蜜が溢れてきている。

「もっ、出したい……」

恥を忍んで訴えると、リュカが唐突に腰を使い始めた。

「あぅ」

再び秘孔で痛みが炸裂し、顔をしかめて仰《の》け反る。

けれど、彼は最奥《さいおう》を突き上げてくるだけでなく、同時に吐精を望む己を扱いてくれていた。

後ろで感じる激痛と、己から湧きあがってくる快感に、意識が行ったり来たりする。

達せそうで達せないもどかしさに、優斗は頭を左右に振りながら、腰を前後に揺らした。

「ユウト、私も限界だ」

熱い吐息が首筋をかすめ、灼熱の楔がギリギリまで引き抜かれる。

身体ごと持って行かれそうになり、慌ててシーツをきつく摑むと、彼がことさら強く腰を打ちつけてきた。

「んっ」

何度も腰を突き上げられ、優斗の身体がおおきく反り返る。

「ユウト、ユウト……」

熱っぽい吐息をもらす彼の動きに合わせ、激痛が秘孔から脳天へと駆け抜けていく。

喚《わめ》きたいほどに痛い。それなのに、逃れたい気持ちが湧いてこないでいた。リュカとともに達したい。そのことしか考えられなくなっていた。

「んん……んっん……リュカ……リュカ……」

己を扱き続ける彼の手に自分の手を重ね、怒濤《どとう》のごとく押し寄せてくる快感に身を震わせる。

「ユウト、たまらない……」

リュカが切羽詰まったような声をもらし、腰の動きを一気に速めてきた。

髪を振り乱す優斗は、痛みと快感の嵐に呑み込まれていく。

「も……っ」

爆発寸前まで追い込まれている己を抑えようがなくなる。

一緒に昇り詰めたかったけれど、とても待てそうになかった。

「リュカ……ああぁ……」

あごを反らして極まりの声をあげる。

ほぼ同時に深く腰を押しつけてきた彼が、片腕できつく抱き締めてきた。

「くっ」

間を置かずして達したリュカが呻《うめ》き、精を解き放ってくる。

優斗は吐精の最中、内側に彼の熱い迸りを感じた。

「はぁ……」

ブルッと身を震わせた彼が、優斗の肩にあごを乗せてくる。

「抜くよ」

彼が静かに腰を引いていく。

まだ硬さを保っている彼自身に秘孔を擦られ、思わず顔をしかめたが、異物感がなくなると自然に安堵のため息がもれた。

「はぁ」

「もっと時間をかけて楽しませてあげたかったんだが、愛しいユウトとひとつになれた嬉しさに急いてしまった」

背後から抱き締められているため顔が見えなかったが、余裕のなさを恥じたリュカが苦笑いを浮かべているだろうことは想像がつく。

恥じる必要などまったくないと感じている優斗は、逞しい腕の中で寝返りを打ち、まだ少し涙が滲む瞳で彼を見つめる。

「僕だって……僕も嬉しかった……あなたとひとつになれて……」

正直な気持ちを口にしたら、なぜか涙が一気に溢れてきた。

「ユウト？」

リュカが驚きに目を瞠る。

急な涙の理由は嬉しさゆえだと伝えたいのだが、鼻がぐずり、唇が震え、言葉にならない。

「ユウト、どうしたんだ？　無理をさせてしまったか？　そんなに痛むのか？」

彼が困惑も露わな顔で、優斗の頬を両手で挟んできた。

誤解を早く解かなければと、必死に首を横に振る。

「では、いったいなんだというんだ？」

まだ困惑顔をしている彼に、鼻を啜《すす》りながらしがみつく。

「好き……あなたが好き……」

どうにか声を振り絞ると、彼がいきなりギュッと抱き締めてきた。

「ユウト、私の可愛いユウト……」

感無量といった感じでつぶやいた彼が、優斗の髪にくちづけてくる。

ただそれだけのことに幸せを感じ、新たな涙が溢れてきた。

腕の中で何度も鼻を啜り上げると、落ち着かせるように優しく背を撫でてくれる。

自分の涙腺《るいせん》がこんなに緩いとは知らなかった。それでも、満ち足りた気分で流す涙は心地いいものだ。

「愛してる……ユウト、君だけを……」

髪に幾度となくくちづけてくるリュカの胸に抱かれる優斗は、深い愛に包まれる幸せに涙を流しながら浸っていた。

第六章

身体に感じる鈍い痛みに目を覚ました優斗は、隣で寝息を立てているリュカに気づき、ハッと息を呑んだ。

（そうか、昨日……）

互いに昇り詰めたあと、ひと休みしてからシャワーを浴び、一糸纏わぬ姿でベッドに入って抱き合いながら眠りについた。

昨日の出来事を思い出し、とてつもない羞恥を覚えたが、すぐにそれを容易く掻《か》き消すほどの後悔が押し寄せてきた。

（どうしよう……）

リュカを好きになっているのは確かだ。だからこそ、彼の愛を受け入れ、恋人としてつきあうことを決め、身体まで繋げた。

けれど、一夜明けて贅沢な天蓋付きのベッドから部屋を眺めてみると、やはり自分は彼に相応しくないと思ってしまう。

生まれも育ちも平凡な日本人が恋人でいいわけがない。なにより、〈ラファラン〉のトップに立つ彼には後継者が欠かせない。周りは女性と結婚し、子供をもうけることを望んでいるはずだ。どれほど本気で自分を愛してくれていても、彼は〈ラファラン〉の経営者として、相応しい妻を娶《めと》らなければならない。

リュカを好きだと気づいた以上、離れたくはない。けれど、彼を好きだからこそ、身を引くべきなのだろう。

（どうやって言えば……）

髪を乱して眠る彼を見つめつつ迷っていると、ノックもなくいきなり扉が開く音が聞こえた。

思わず跳び起きた優斗の目に、ワゴンを押して入ってくる黒服姿のヴェルニュが映る。

「嘘《うそ》っ……」

使用人が勝手に部屋に入ってくるなんて信じられない。主人に仕える執事は許されているとでもいうのだろうか。

裸でリュカとベッドに入っている優斗は慌てふためくが、入り口で恭しく頭を下げたヴェルニュは、当然のようにワゴンを押して近づいてきた。

「お目覚めでございますか？　カフェオレをお持ちいたしました」

銀色の華奢なワゴンには、ポットと大きなボウルが二つずつ載っている。

ヴェルニュは優斗のことなどまったく気にしたふうもなく、ベッドの脇でワゴンを止めると、まだ眠っているリュカの肩に手を置いた。

「旦那さま、朝でございますよ。起きてくださいませ」

ヴェルニュが耳元で呼びかけながら、主人の肩を軽く揺する。

「う～ん……」

間もなくして目を覚ましたリュカが、仰向けになったまま無造作に乱れた髪をかき上げた。

「朝食はどうなさいますか？」

リュカに訊ねたヴェルニュが、ワゴンから二つのポットを同時に取り上げ、大きなボウルに高い位置から異なる液体を同じ速さで注いでいく。

液体が満たされた二つのボウルからは温かそうな湯気が立ち上っていて、ほんのりと甘いカフェオレの香りが漂ってきた。

「オムレツとクロワッサン、それとフルーツを頼む」

「かしこまりました」

のんびりと身体を起こしたリュカに、ヴェルニュがボウルを手渡す。

身動きが取れなくなっている優斗が、呆然と見つめていると、ヴェルニュがワゴンを押しながらベッドの足下を回り込んできた。

「熱いですからお気をつけくださいませ」

彼がワゴンから取り上げたボウルを差し出してくる。

「あっ、あとでいただきます……」

「さようでございますか」

軽く頭を下げた彼がボウルをワゴンに戻し、カフェオレを啜っているリュカに向き直った。

「他にご用はありますでしょうか？」

「いや」

リュカが短く答えると、その場で姿勢を正して深く一礼したヴェルニュが、ワゴンをベッド脇に残したまま寝室を出て行く。

ただならない緊張感に息を詰めていた優斗は、静かに扉が閉まると同時に強張っている肩から力を抜いた。

「はぁ……」

「おはよう。よく眠れたかな？」

爽やかな笑顔で声をかけてきたリュカが、片手を伸ばしてボウルをサイドテーブルに下ろす。

「お……おはようございます」

互いに裸の上半身を晒している恥ずかしさに、もぞもぞと上掛けの中に潜り込んだ。

本当は早くベッドから出たいのだが、一糸纏わぬ姿ではそれもできない。

昨日、脱がされた自分の服は、床に散らばっている。ベッドに入った状態では、とても取り上げられそうになかった。

両手で肩まで上掛けを引き上げ、困り顔で天井を見つめる。こんな格好では、身を引く決心をしたことも伝えられない。

トイレにでも行ってくれないだろうかと思っていると、いきなりリュカが覆い被《かぶ》さってきた。

「んんっ」

突然のことに、避ける間もなく唇を奪われる。

上掛けを摑んでいる手を取り、指を絡めてきた彼が、より深く唇を重ねて舌を入れてきた。

「ふっ……」

搦め捕られた舌を幾度となく強く吸われ、鳩尾《みぞおち》のあたりが熱く疼く。

ねっとりと甘く絡みついてくる舌に、我を忘れそうになる。

「ユウトの唇は柔らかいな」

くちづけの合間に囁いたかと思うと、再び唇を重ねてきた。

こんなことをしている場合ではないと思う気持ちが、熱烈なくちづけに薄れていく。

「んんっ……」

唇の端から吐息が零れ、身体のそこかしこが熱を帯びてくる。

頭の芯がボーッとしてきて、もうなにも考えられない。

いつ終わるとも知れないくちづけに、知らぬ間に酔いしれていた優斗も、さすがに上掛けの中に忍び込んできた手で内腿を撫でられると我に返った。

「ダメ……」

慌ててベッドを飛び出し、リュカに背を向けた優斗は、床に落ちている服をあたふたと身につけ始める。

「まだ楽しむくらいの時間はあるだろう？」

彼がベッドを下りる気配を感じたが、かまわずシャツのボタンを留めていく。

「ユウト、なにをそんなに急いでいるんだ？」

怪訝な声がすぐ近くから聞こえてきた。

「僕は……」

身支度を終えて振り返ろうとしたが、それより早く背後から両手で抱きすくめてきた彼が、首筋に唇を押し当ててくる。

「リュカ……」

柔らかな肌を音が立つほどに吸われ、こそばゆさに肩を窄めた。

その反応に気をよくしたのか、彼が大胆にも片手を股間に滑り落としてくる。

首筋にくちづけられながら、デニムパンツ越しに己をやんわりと掴まれ、膝から力が抜けそうになった。

「はふっ……」

「寝起きのセックスもいいものだよ」

耳元で誘惑してくる彼は、すっかりその気になっている。

腰に感じている彼自身の熱と硬さに、それは疑いようもない。

甘い囁きは抗い難く、負けてしまいそうになる。彼が好きだから、もっとくちづけを交わしたいと思うし、とことん愛されたいと思う。

けれど、このままなし崩しに抱かれてしまったら、絶対に別れなど告げられなくなってしまうだろう。

この関係を継続するのは間違っている。今すぐやめなければだめだ。頭の片隅にわずかだけ残っていた冷静な部分が鳴らす警鐘に、誘惑に負けそうだった優斗はようやく目を覚ました。

「もう行かないと……」

快楽の海へと導こうとしているリュカの手を振りほどき、少し下がって彼に向き直る。

「絵のレッスンに行かないといけないんです。家に戻って支度をしないといけないから、今日はこれで帰ります」

「そうか……」

ため息混じりにつぶやいた彼が、さも残念そうに肩を落とす。

「失礼します」

後ろ髪を引かれる思いがあったが、意を決して背を向けた。

「午後にでも電話をするよ」

「はい」

背中越しに声をかけてきた彼に、振り返ることなく返事をし、急ぎ足で部屋を出て行く。

静まり返った廊下に出たところで足を止め、小さく息を吐き出してから階段に向かった。

「言えなかった……」

身を引かなければいけないとわかっているから、彼の手を振りほどいたのに、肝心なことを言葉にできないまま出てきてしまった。

それはひとえに、彼のそばを離れたくない思いがあるからだ。彼を好きになっている自分に気づかなければ、きっとこんなにも悩むことはなかった。

けれど、気づいてしまった以上は、自分で結論を出すしかない。好きでも別れるか、恋人として相応しくないと思いながらつきあうか、答えは二つにひとつだ。

「わかんない……」

簡単に答えなど出るわけがない。

それくらい、今はリュカを好きな気持ちが強いのだ。

「どうして出会ったりしちゃったんだろう……」

生まれて初めて本気で人を好きになったというのに、好きになってはいけない人だったのだから辛くて苦しい。

何度か恋愛を経験していれば、こんなにも悩むことはなかったのだろうかと、絵だけに夢中になってきた自分が悔やまれる。

「電話くれるって言ったけど、きっと言えない……好きなのに別れるなんて……」

潔く身を引けそうにない優斗は、残念そうに肩を落としたリュカを思い起こしながら、誰もいない廊下をトボトボと歩いていた。

第七章

リュカと何度も電話で話をしながらも、身を引く決心を伝えられないまま、優斗は悶々《もんもん》と一週間を過ごしてきた。

アトリエでレッスンをしていても、カフェで皿洗いをしていても、リュカのことが頭から消えない。彼の顔が浮かんでは消え、ときになにも手につかなくなった。

この状態が続けば、大好きな絵にも身が入らない。彼に相応しくないのだから、早く決着をつけたほうがいいに決まっている。

そうわかっているのに、彼の声を聞くと言い出せなくなってしまい、愛していると電話口で囁かれると、胸が熱くときめいてしまうのだ。

「はぁ……気乗りしないな……」

別れを切り出せないばかりか、今日はリュカと顔を合わせなければならない。

プロモーションの打ち合わせの約束をしてしまったからだ。

イメージ・モデルが決定した時点で、スタッフたちは動き始めてしまった。彼らにとって重要な仕事であり、いまさら辞めるのは非常識だろうと思い、最後までやり遂げようと決めている。

それでも、デザイナーであるリュカを抜きにして企画が進むと思えない。どうあっても顔を合わせる必要があるだけに、気が重くなってしまうのだ。

「うわっ」

唐突に呼び鈴が鳴り響き、台所の小さな椅子にちょこんと腰かけていた優斗は、驚きに跳び上がる。

「来た……」

リュカが迎えの車を寄越《よこ》してくれることになっていたのだ。

急ぎインターフォンに駆け寄りボタン押す。

「はい」

『ローランです。お迎えにあがりました』

「すぐに行きます」

テーブルに置いていた財布と携帯電話を摑み、部屋を飛び出して玄関に向かった。

廊下に出てドアの鍵をかけ、階段を駆け下りていく。

アパートに面した通りに停めた黒塗りのセダンの前で、スーツ姿のローランが直立不動で待っていた。

「お待たせしました」

歩み寄っていって頭を下げたが、彼は車に乗り込む気配がない。そればかりか、とても厳しい表情をしている。

もともと堅苦しい表情を崩さない男なのだが、今はなにか思うところがあるように感じられた。

「会社に向かう前にお話があります」

ローランの開口一番に、優斗の胸がざわめく。

「まず、はっきり申し上げます。ラファラン家の当主であり、〈ラファラン〉のオーナーであるリュカに、あなたは相応しくない。彼は誰の前に出ても恥ずかしくない令嬢とおつきあいをし、結婚をするべきなのです」

きっぱりと言い切った彼が、射るような視線を向けてくる。

リュカとの関係を知っていることに驚いたが、それよりも的を射たローランの言葉に激しく胸が痛んだ。

自分でも不釣り合いなことは百も承知している。だからこそ、改めて人から言葉にされ、迷っていてはいけないのだと思い知らされた。

反論の余地がない優斗が黙ってしまうと、彼はさらに続けてきた。

「私としては即刻、別れていただきたいところなのですが、プロモーションの企画が動き始めてしまいましたので、すべての活動を終えた時点であなたにはリュカの前から姿を消していただきたい」

リュカとはすぐに別れてほしいが、プロモーションを成功させたいから、モデルの仕事を全うして去れと言うのか。

いくらリュカの秘書だからといって、彼に命令される筋合いはない。越権行為のような気がして腹立ちを覚える。それでも、たぶん彼の言葉に従うべきなのだろう。

悲しいことだが、リュカの恋人に相応しくないことは、自分でもよくわかっていたことではないかと思い直す。

「わかりました。モデルの仕事が終わったらリュカとは別れます」

毅然《きぜん》とローランに答えを返しながらも、胸の奥がチリチリと痛んだ。

リュカを好きだから辛い。彼と一緒に過ごした時間はわずかだが、絵を描いているときと変わらないくらい楽しかった。彼と出会ってしまったことが、ひどく悔やまれた。

「仕事をしているあいだは、リュカの士気に関わりますので、別れる素振りをけっしてみせないでください」

「はい……」

「では、約束を反故《ほご》になさらないようお願いします」

事務的な口調で言ったローランは頭を下げるでもなく、後ろに停めてある車に向き直り、後部座席のドアを開けてくれた。

「お乗りください」

そう言い残し、彼は運転席に乗り込む。

悔しさと悲しさを噛みしめながら後部座席に乗り、優斗が自らドアを閉めると、すぐに車が動き出した。

(仕事が終わるまでは黙っているなんて……)

ウインドーの外へと視線を向け、流れていくパリの景色を眺めつつ、これからのことに思いを馳せる。

別れを先に切り出したら、仕事はしにくくなるだろう。けれど、けじめをつけずにいれば、仕事が終わるまでリュカの恋人として過ごさなければならない。

別れると決心したのに、甘く囁かれ、くちづけられ、抱き締められたりしたら、心が挫《くじ》けてしまいそうだ。

(そうか……どうせパリには長くいられないんだよな……)

ふと自分が留学中の身であることを思い出す。

明確に滞在期間を一年と区切っているわけではない。できるだけ長く滞在したいが、貯金はいずれ底を突く。

いくら頑張ってアルバイトをしていても貯金は増えることなく、必ず帰国しなければならない日がやってくるのだ。

(よくて一年だからなぁ……)

今はまだ貯金が尽きる日がいつやってくるのかわからないが、帰国はリュカとの別れを確実に意味する。

いずれそのときが来るならば、せめてもの思い出に、仕事が終わるまでのあいだはリュカと楽しく過ごそうと心に決めた。

「はぁ……」

この期に及んでも、リュカに対する気持ちが強まっていくばかりの優斗は、深いため息をもらしながら、とうに見慣れた景色となっている街並みをぼんやりと眺めていた。

＊＊＊＊＊

〈ラファラン〉本店に到着した優斗は、ローランとともに社長室に向かっていた。

走行中も、到着してからも、彼とはひと言も言葉を交わしていない。無駄話を好まないタイプというだけでなく、自分とは話したくないのだという気持ちが前面に出ていて、優斗も終始無言だった。

「どうぞ」

必要最低限の言葉のみ発する彼が、社長室のドアを開けてくれる。

「失礼します」

一礼して足を踏み入れると、待ちかねたようにリュカが歩み寄ってきた。

「ユウト」

満面に笑みを浮かべた彼が、躊躇うことなく腰に腕を回してくる。

さらには、その手をグイッと引き寄せ、仰け反った優斗にくちづけてきた。

「んっ……」

いきなり深く唇を貪《むさぼ》られ、搦め捕られた舌を強く吸われ、鼓動が一気に速まる。

飽くことなく舌を絡めてくる彼のくちづけは、まるで積年の思いを込めたように濃厚だった。

抱き寄せられ、唇を触れ合わせただけで、体温が上がっていく。リュカに対する抑えきれない思いに駆り立てられ、優斗は自ら彼の背に腕を回していた。

「ふっ……ん……」

舌を絡め合うほどに夢中になり、甘くて官能的なくちづけに溺れていきそうになったが、突き刺さってくるような視線に気づいてハッと我に返り、咄嗟にリュカの胸を押し返す。

「ユウト？」

彼が怪訝そうに眉を顰める。

「ジョルジュさんがいるのに……」

リュカを咎めてチラリと振り返ると、冷ややかな顔でこちらを見ているローランと目が合う。

リュカはなにも知らないのだから、くちづけてくるのはしかたない。それくらいローランもわかっているはずだ。それなのに、不愉快そうな顔をされても困る。

けれど、それをここで口にできるわけもなく、人前でくちづけてきたリュカに文句を言うしかなかったのだ。

「彼は私たちのことを知っている。気にすることはない」

「でも……」

意に介していないリュカを困り顔で見上げていると、ローランが小さく咳払いをして注意を引いてきた。

「リュカ、時間ですのでそろそろ会議室へ」

「無粋なヤツだ」

しかたなさそうに笑ったリュカが、優斗の腰に手を添えてくる。

「では、行くか」

「はい」

促してきた彼と並んでドアに向かうと、少し距離を取ってローランが追ってきた。

背中越しに冷たい視線を感じる。せっかく頑張って仕事をするつもりでいるのに、これから先もずっと彼に監視されるのかと思うと嫌気が差してきた。

「はぁ……」

廊下を歩き出したところで、思わずため息をもらした優斗の顔を、リュカが心配そうに覗き込んでくる。

「盛大なため息なんかついて、どうしたんだ？」

ローランの視線が気になるとも言えず、苦笑いを浮かべて誤魔化《ごまか》す。

「本当にモデルの仕事が始まるんだなと思ったら緊張してきて……」

「大丈夫だよ。ユウトなら必ず成功する」

柔らかに微笑んだ彼が、腰に添えている手を引き寄せ、髪にくちづけてきた。

優しい励ましはとても嬉しかったが、真後ろにいるローランが気になって素直に喜べない。

「そうだといいんですけど……」

曖昧《あいまい》な答えを返したあとは、無言で足を進めた。

会議室は静かな廊下をしばらく歩いた先にあり、リュカがドアを開けてくれる。

とたんに、なにやら言い合っている人たちの声が聞こえてきた。

「ユウトが到着したぞ」

リュカのひと声に、会議室が一瞬にして静まり返る。

「ボンジュール」

リュカに続いて会議室に入っていった優斗を、先日、顔を合わせたスタッフたちや、見知らぬ二人の女性がにこやかに迎えてくれた。

「ボンジュール」

挨拶を返し、軽く頭を下げる。

彼らの笑顔に安堵し、腐った気分が浮上してきた。

「まずは、衣装合わせだ」

リュカに手招かれ、中央へと歩み寄っていく。

本来はテーブルや椅子が整然と置かれているのだろうが、今はほとんどが壁際に追いやられていて、そこにはさまざまな荷物が無造作に載っている。

空いたスペースに敷き詰められた黒い布の上には、アタッシェケースに似た形の革の鞄《かばん》が置かれた細長いテーブルがひとつと、十体のトルソーが立っている。

すべてのトルソーが異なるデザインのドレスを着ていた。どうやら、撮影に使用する衣装のようだ。

しかし、まだ採寸もしていないのに、どうして先に仕立ててしまったのだろうか。サイズが合わなかったらどうするつもりなのだろうか。素朴な疑問が浮かんでくる。

「これはカメラテストで着たドレスと同じサイズで仮縫いしてある。これから実際に着てもらって、細かい調整をしていく」

トルソーの前へと導きながら、リュカが説明してくれた。

なるほどと納得し、改めてトルソーに目を向ける。

カメラテストを行った日にスタッフのひとりが口にした、妖精の贈り物というテーマに決まったらしい。

トルソーが着ているドレスの半分は、誰もが妖精と聞いて思い描くであろう、ふんわりとした可愛らしい仕上がりになっている。

そして、なぜか残り半分のトルソーは、ウェディング・ドレスを着ていた。クリスマスに向けた商品だからと、あの日、ウェディングシーンの提案は却下されていたが、企画の段階でこちらも採用されたのだろうか。

どちらにしても、すべてが贅を凝らした逸品で、かなりの予算が投じられているとわかる。

これほどまで贅沢なドレスを着てカメラの前に立つのかと思うと、恥ずかしくてたまらなかったが、仕事だと自らに言い聞かせる。

「これって、全部を撮影に使うんですか？」

「いや、一着ずつだよ」

「一着……」

リュカの答えに呆れた優斗は、改めてトルソーを眺める。

プロモーションの企画が、どのように進行しているのか知りようもない。それでも、数えきれないほどのデザインを起こし、そこから絞り込んだことは容易に想像がついた。

ただ、五点まで絞り込んだところで、仮縫いまで進めてしまったことには驚きを隠せない。

撮影で使うのが一着ずつということは、残りの八着はお蔵入りになってしまうということだ。

プロモーションに金に糸目をつけないのは、セレブを相手にするジュエリー・ブランドだからこそなのだろうが、贅沢とは無縁の世界で暮らしてきたせいか驚いてしまった。

「さあ、始めよう」

リュカが両手を打ち鳴らすと同時に、初めて顔を見る二人の女性が、トルソーからドレスを脱がし始めた。

彼女たちをよく見てみると、手首に針山が着いたバンドを巻いている。きっと、ドレスを仕立てたお針子なのだろう。

「ユウト、服を脱いで」

声をかけてきたのは、カメラテストでメイクをしてくれた女性スタッフだ。

一度、経験しているとはいえ、人前で服を脱ぐことには躊躇いがある。

けれど、本格的にプロモーションの企画が動き出してしまった以上、恥ずかしがってはいられないと諦め、潔くシャツを脱いでいく。

だいたい、他人の目を気にしているのは自分だけで、それぞれに分担があるスタッフたちはこちらを見てもいないのだ。

「足を入れてください」

下着一枚になった優斗に、トルソーから脱がしたドレスが目の前に差し出される。それは一番端のトルソーが着ていたドレスで、可愛らしいながらもどれよりも豪華さが感じられる一着だ。

言われるまま開いた背中から足を入れていくと、すぐにドレスが肩まで引き上げられ、細い肩《かた》紐《ひも》に手を通すよう促された。

袖がない代わりに、肩紐にはごく薄いシフォンが波打つように縫いつけられている。ちょっとした動きで空気を孕《はら》むシフォンは、妖精の背にある羽を思わせた。

背後に回ったお針子が、背中のファスナーを引き上げていく。トルソーが着ているときは、かなり細身の仕上がりに見えたが、思いのほか身体にフィットした。

「胸はどうします？　少しだけ膨らませますか？」

少し離れた場所で見ていた女性スタッフから訊ねられたリュカが、腕組みをしてこちらをしみじみと眺めてくる。

その瞳は真剣そのものだ。甘い声音で愛を囁き、幾度となく惑わしてきた彼とはまったくの別人だった。仕事に真摯な彼は、また一段と格好いい。

「清楚《せいそ》なイメージを崩したくない。格好がつく程度に盛り上げてくれ」

リュカの言葉に軽くうなずいた女性スタッフが、荷物が積まれているテーブルに向かい、なにかを手に戻ってきた。

「ちょっと失礼……」

女性スタッフがドレスと胸のあいだに、円形の薄いスポンジのようなものを押し込んでくる。胸の大きさを調整するためのパッドのようだ。

「もう少し」

すかさずリュカが指摘し、パッドが増やされる。

「それでいい」

彼の満足そうな声に、優斗は自分の胸元に視線を落とす。

胸は平らなのがあたりまえだけに、わずかながらも盛り上がっているのは妙な気分だった。

「裾を少し上げたほうがいいわね、爪先《つまさき》が見えるくらい」

女性スタッフの指示に、目の前に跪《ひざまず》いてきたお針子が、裾の長さをまち針で調整していく。

軽やかなレースを複雑な角度で重ねているため、二人がかりでの調整となり、優斗はどこを見るともなくジッとしていた。

「どうですか？」

「いいね」

短く答えたリュカが、後方にいる男性スタッフを手招く。

「ジュエリーを着けてみよう」

「はい」

男性スタッフがテーブルに置いてある革の鞄を開け、両手で持ってリュカに差し出す。

「これが私がデザインした新作のジュエリーたちだ」

彼が指さす鞄の中を、ずっと気になっていた優斗は思わず覗き込む。

「すごっ……」

息を呑んで目を瞠る。

「ひときわ輝きが強いロシア産のダイヤを使っているんだ。美しいだろう？」

彼の説明に、無言でコクコクとうなずいた。

艶やかな黒いヴェルヴェットの上に、指輪、ネックレス、イヤリング、ブレスレットが整然と並んでいる。

四点ともさまざまな大きさのダイヤモンドが使われているのだが、ネックレスの中央を飾る一粒は驚くほど大きかった。

中心となる大粒のダイヤモンドを、小粒のダイヤモンドが複雑に取り巻いている。まるで強く輝く星をそこに集めたかのようだった。

ダイヤモンドに縁があるわけがなく、本物を目にするのは初めてだ。こんなにも輝くものだとは知らなかった。眩《まばゆ》いほどの輝きに、ため息がもれてくる。

「これらは君のためにあるようなものだ。さあ、着けてあげよう」

ネックレスを取り上げ、鞄を男性スタッフに預けたリュカが、背後に回り込んできた。

優斗は黙ってその場に立っていたが、彼がデザインした豪華なジュエリーは、貴婦人にこそ似つかわしいような気がしてならない。

妖艶《ようえん》な大人の女性モデルを使うべきだろう。実際にジュエリーを着けてみれば、人選を誤ったことに気づくはずだ。

「リュカ……なんて素敵なの……」

正面から見ていた女性スタッフが絶句した。

いつの間にかこちらに集まってきていた他のスタッフたちが、口々に褒めそやしてくる。

「いいじゃないですか！　妖精が持ってる杖《つえ》みたいなものを振り回すと、キラキラって光が飛び散るけど、あんな感じだ。まさか、こんな仕上がりになるとは……」

「これでメイクをしてウイッグを着けたら……想像しただけで胸が高鳴るわ」

「美人モデルじゃこうはいかなかったな。ユウトの繊細な顔立ちと、肌の色が、リュカのジュエリーを際だたせてる」

「よくユウトを見つけましたね？　これなら、新作のプロモーションもばっちりですよ」

カメラテストで合格点を出しはしたが、実際にジュエリーを着けるまでは、スタッフたちも半信半疑だったようだ。

「だろう？　私の目に狂いはないんだ」

後ろに立つリュカの得意げな声が耳をかすめていく。

「指輪とブレスレットを頼む」

男性スタッフに命じたリュカが、両の耳にイヤリングを着けてくる。

絶対に落胆の声があがると思っていただけに、優斗はジュエリーを着けた自分の姿が気になったが、残念なことに鏡はないようだった。

「さて……」

リュカが前に回ってくる。

「こうして」

彼が示してきた身振りを真似《まね》し、指輪とブレスレットを着けた左手を軽く胸に添えた。

その場にいる全員が、いっせいに視線を向けてくる。

注目されるのはひどく恥ずかしかったが、モデルになりきろうと決め、できるだけ素知らぬ顔をした。

「素敵だよ、ユウト。やはり君は最高だ」

リュカが嬉しそうに笑う。

彼の役に立てたことが嬉しく、一瞬、恥ずかしさを忘れ笑みを浮かべた。

彼と喜び合えるのも、この仕事をしているあいだだけだ。幸せな時間は長く続かない。

ローランとの約束を果たすため、彼と別れなければならないのが辛くてしかたなかった。

「ユウト、君は私の宝だ」

目元を和《やわ》らげて両手を大きく広げたリュカが、人前も憚らず抱き締めてくる。

「なっ……」

骨が軋《きし》むほどの強い抱擁に、おおいに慌てた。

少し離れたところにいるローランのきつい視線が、矢のように突き刺さってくる。

「リュカ、仕事中……」

優斗のひと言には、さすがに彼もすぐさま反応して抱き締める腕を解いてくれた。

「さあ、ドレスを決めなくては」

自ら士気を高めるように手を叩きながら、並んでいるトルソーを眺める。

「リュカが推してたのは、今、ユウトが着てるドレスですけど、これも捨てがたいような……」

「こうして並べてみると迷うな」

男性スタッフが指さしたトルソーとこちらを、リュカが何度も見比べてきた。

意識はもうすっかり衣装選びに向かっているようだ。ちょっと前とは目つきが違っていた。

仕事に集中している彼を見ているだけで、胸が熱くなる。見つめるほどに、心から彼を好きなのだと実感させられた。

これ以上、彼を好きになったりしたら、よけいに別れが辛くなる。そうわかっているのに、どんどん惹かれていく。

（リュカ……）

本当はドレス姿のままで待たされたくなかったが、彼が衣装選びに迷えば迷うほど一緒にいられる時間が増える。

一分でも一秒でもいいから、彼の近くに長くいたい。辛い別れが控えているからこそ、少しでも長くと思う優斗は、スタッフたちと意見を交わすリュカを一心に見つめていた。

第八章

　レッスンもアルバイトもない日の午後、似顔絵描きをする気になれなかった優斗は、コンコルド広場に近いセーヌ川の川縁に腰を下ろし、スケッチに没頭していた。

　周りには、観光客はもちろんのこと、優斗と同じようにスケッチをしている人もいれば、楽器を奏でている人もいる。

　ワインやビールを持ち寄り、ピクニック気分で盛り上がっているグループもいて賑やかだったが、あまりスケッチをしていれば気にならない。

　それにしても、いったいどれくらいの時間をスケッチに費やしたのだろうか。気がつけば太陽がかなり低くなっていた。

　パリの日没は遅く、秋が迫ってきているこの時期でも完全に日が沈むのは八時過ぎだ。

　太陽の位置が低くなってきたとはいえ、空が暗くなるまでにはまだ時間がかかり、いくらでもスケッチができた。

「あっ……」

デニムパンツの尻ポケットに入れている携帯電話が小刻みに震え出し、優斗は持っていたパステルを箱に戻して急いで取り出す。

「リュカ……」

表示された名前を見て、表情を曇らせた。

衣装合わせでリュカと顔を合わせてから一週間が過ぎている。翌日から彼は欠かさず電話を寄越してデートに誘ってきたが、レッスンやアルバイトを理由にずっと断り続けていた。

あの日、帰り際にローランから再度、仕事以外で会うなと釘《くぎ》を刺されただけでなく、彼と一緒にいたいと思う気持ちとは裏腹に、会えば辛くなるような気がしたからだった。

プロモーションの仕事が終わるまで、彼と楽しく過ごそうと考えていたが、とてもできそうになかった。

「はい、優斗です」

『ボンソワール、ユウト。今日は確かレッスンが休みだったよね？　今、どこにいるんだい？』

耳に心地よく響く声を聞いただけで、リュカの笑顔が目の前に浮かんでくると同時に、会いたい気持ちが湧きあがってくる。

「セーヌ川沿いでスケッチしているところです」

『このあと予定がないなら一緒に夕食をどうかな？』

今日こそはといった意気込みが感じられる彼の口調に、ふと迷いが生じて黙ってしまう。

『ユウト?』

怪訝な声で呼びかけられ、優斗はハッと我に返る。

「ありがとうございます。でも……」

会うことに躊躇いがあって言い淀《よど》むと、小さなため息が聞こえてきた。

『誰かと約束があるのかい?』

「いえ、そうではなくて……明日までにやらなくてはいけない課題があって……」

体《てい》のいい言い訳を口にして断ったが、胸の内は後ろめたい思いでいっぱいだ。

『そうか、会いたかったのに残念だ』

「すみません、せっかく誘ってくださったのに……」

寂しそうな彼の声に、申し訳なさが募ってくる。

『君が謝ることはないよ、どうせ明後日には打ち合わせで会えるんだからね』

「はい」

『明後日を楽しみにしている。愛しているよ』

甘い囁きを残して電話が切れた。

「はぁ……嘘ばっかりついてる……」

ため息混じりにつぶやきながら携帯電話を切り、静かにたゆたうセーヌ川を見つめる。

いくらリュカが聞き分けがよくても、毎回のように誘いを断られれば気分は悪いだろう。いつまでも嘘をつき続けるのは心苦しい。

とはいえ、誘いに乗って会ってしまえば、彼はきっとすんなり帰してくれないはずだ。抱き締められ、くちづけられたら、絶対に抗えない。そして、どんどん別れ難くなっていく。

打ち合わせなどで会うときはスタッフたちもいるから、リュカと一緒にいてもたぶん昂揚感を抑えることはできる。

「やっぱり、二人きりで会うのは怖いよ……」

会いたいのに会えないもどかしさと苦しさに、空を仰ぎ見て肩を落とす。

別れを決めた相手と仕事をするのは辛い。こんな思いをするくらいなら、非常識と詰《なじ》られようが、モデルを辞めてしまいたくなる。

「どうしよう……」

「優斗！」

深いため息をついてガックリと項垂れた優斗の耳に、聞き覚えのある声が飛び込んできた。

急いで振り返り、あたりをキョロキョロと見回す。

「東吾さん……」

大きく手を振りながら、スーツ姿の東吾がこちらに駆け寄ってきた。

「ひとりでまたスケッチか？」

すぐ脇で足を止めた彼が、呆れ気味に見下ろしてくる。

「絵の勉強に来てるんだから、時間があればスケッチするのは当然でしょ」

言い返した優斗は、唇を尖《とが》らせて東吾を見上げた。

そういえば、東吾と会うのも久しぶりだ。リュカを初めて目にしたあの日、〈ポンピドゥー・センター〉前の広場で別れて以来だった。

東吾とあの場で別れなければ、リュカと出会うこともなかったかもしれない。あの出会いがなければ、こんなにも胸を痛めることはなかったのだ。

逆恨みだとわかっているが、あの日、食事に誘ってくれた東吾を恨めしく思ってしまう。

「どうせ暇なんだろう？　一緒に晩飯でもどうだ？」

こちらがどういった状況にあるかなど知る由もない彼は、屈託のない笑みを浮かべて誘いの言葉を口にしてきた。

(東吾さんが悪いんじゃない……)

いっときとはいえ恨んだことを後悔し、優斗は笑顔で元気な声をあげる。

「行く」

そそくさとパステルやスケッチブックをバッグにしまい、立ち上がって尻を片手で払う。

「いいビストロを見つけたんだけど、そこに行ってみるか？」

「美味しいものをご馳走してくれるならどこでもいい」

そう答えながらショルダーバッグを斜めがけにし、東吾と並んで歩き出す。

ひとりでいると、どうしてもリュカのことばかりを考えてしまう。東吾と一緒にいれば、しばしのあいだ忘れていられるだろう。

食事を奢《おご》ってくれる東吾には少しばかり申し訳ないが、久しぶりに気分転換ができそうだ。

「会社の帰りなんでしょう？　どうしてこの道を通ったの？」

肩を並べて歩きながら、素朴な疑問をぶつけた。

東吾の会社は新凱旋門《しんがいせんもん》が建つラ・デファンス地区にあり、メトロを使って通勤している。

なぜ本来は通過するコンコルド駅で降りたのか、不思議に思ったのだ。

「すぐ近くで、お客さんと会ってたんだよ」

「そっか……」

勝手に途中下車したのだと思い込んでしまった自分が恥ずかしく、苦笑いを浮かべて肩をすくめる。

「なにか変わったことはあったか？」

「うん？　べつに……」

いつも自分のことを気にかけてくれる東吾に感謝しつつも、なにもないと笑ってみせる。

彼はパリで唯一の、なんでも相談できる相手だ。とはいえ、現状の悩みはとても打ち明けられそうになかった。

悩みの元になっているのが女性だったら、気兼ねなく相談できたのにと思いながら、東吾に歩調を合わせて進む。

　コンコルド広場を横断しているシャンゼリゼ大通りを渡り、さらに真っ直ぐ進んでいくとフォブール・サントノレ通りに出る。どうやら、彼はそちらに向かっているようだ。

「そこだよ」

　フォブール・サントノレ通りを通り越したところで、東吾が唐突に前方を指さした。

　またしてもリュカのことに意識が向かいそうになっていた優斗は、慌てて彼が指し示した先に目を向ける。

「洒落た店だね」

　外観を目にした優斗は弾んだ声をあげた。

　店の正面はすべてガラス張りになっている。よく目を凝らすと中央にドアがあるとわかるのだが、遠くから全面が一枚のガラスに見えた。

　店全体が明るい雰囲気で、食事をしている客たちも気楽な感じで寛《くつろ》いでいるようだ。

　外から店内が丸見えの状態ではあるが、オープン・カフェで休むことに慣れてしまっているせいか、あまり気にならなかった。

「リヨン地方の料理を出してて、カエルなんか食べられるぞ」

「カエル？　やだー、チキンとかビーフとか、普通の肉のほうがいいよ」

　店のドアを開けている東吾に、とんでもないと首を横に振って見せる。

日頃、食事が質素なだけに、奢ってもらうときくらいは好きなものを食べたいのだ。

「ボンソワール」

にこやかに出迎えてきたギャルソンに案内され、窓際のテーブルに東吾と向かい合わせで腰かけて荷物を足下に置いた。

食前酒にキールを頼み、さっそく壁に掲げられている黒板メニューに目を向ける。

「好きなのを好きなだけ頼んでいいぞ」

熱心にメニューを見ている優斗は、視線を東吾に向けることなくコクコクとうなずき返す。

東吾に食事を奢ってもらうときは、いつもここぞとばかりにたくさんの料理を頼んでしまう。

次にいつ美味《うま》い料理にありつけるかわからないからだ。

「どうしようかなぁ……」

「前菜のお薦めは、フォワグラのポワレ、自家製リヨン風ソーセージのブリオッシュ包み、ホワイトアスパラガスで、メインは肉なら牛頬肉の赤ワイン煮込みで、魚ならオマール海老のポワレだな」

「全部を二人で分けるっていうのはどう？」

前に向き直って問いかけると、笑ってうなずいた彼が、パンとキールを運んできたギャルソンに料理を注文をし、さっそくグラスを取り上げた。

「今日も一日、ご苦労さまでした」

労《ねぎら》いの言葉とともに彼と乾杯をすませ、冷えたキールを喉に流し込む。

白ワインに黒スグリのリキュールを少し加えたカクテルは、ほのかな甘みがあってとても飲みやすい。

あまり酒に強くないこともあり、食事をしながらワインを飲むことはないのだが、食前酒にキールだけは欠かさず頼んでいた。

「お酒も久しぶりだぁ……」

「もう少し酒に強ければワイン・バーに連れて行ってやれるんだけどな」

「僕だって行ってみたいけど、酔っぱらって倒れたら困るでしょ？」

「まあな」

とりとめもない会話に花を咲かせているうちに、グラスワイン、ペリエ、前菜の数々が運ばれてくる。

テーブルに並べられた料理をしばし眺めた。どの皿からも食欲をそそる香りが漂ってくる。

「足りなければ追加するから、好きなだけ食べていいぞ」

「はーい」

素直に返事をしてナイフとフォークを取り上げた優斗は、真っ先にフォアグラのポワレに手を伸ばす。

パリに来て初めて東吾が連れて行ってくれたビストロで、フォアグラ料理を口にしたとたん、その濃厚な味の虜になった。

けれど、高級料理を提供するようなビストロに自ら足を運べるわけもなく、贅沢をさせてくれる彼に感謝しつつ切り取ったフォアグラを口に運ぶ。

「うーん……」

蕩《とろ》ける美味さに思わず唸った優斗を、東吾がおかしそうに目を細めて見てくる。

「それ一皿いけそうだな？」

「うん」

躊躇うことなくうなずき返し、二口目を頬張った。

皿に盛られていたフォアグラが、瞬く間に優斗の胃の中に消えてなくなる。

残ったソースをパンで拭い、皿が綺麗になったところで、次なる料理に目を移す。

東吾が食べているリヨン風ソーセージに手を出すのはさすがに忍びなく、ハーブのサラダと生ハムが添えられているホワイトアスパラガスの皿を引き寄せる。

「なにこれ、すっごい柔らかいんだけど？」

軽くナイフを滑らせただけで切れたことに、優斗は思わず驚きの声をあげた。

口に入れてみると、圧巻とも言えるその柔らかさに、勝手に頬が緩んだ。

ホワイトアスパラガスの料理はどこでも見かける。安さが売りのビストロにもあり、何度か頼んだことがあったが、こうした感動を覚えるほどの柔らかさはなかった。

「ここのは特別、美味いからお薦めしたんだよ」

ワインを飲んでいた東吾が、得意げに笑う。

「またここに連れてきて、ねっ？」

二皿でこの店の料理に心を奪われた優斗がねだると、彼は嫌な顔ひとつすることなくうなずいてくれた。

「はぁ……美味しいなぁ……」

満足のため息をもらしつつ、なにげなくガラス窓の外に目を向ける。

「うん？」

見覚えのあるカブリオレが脇を通り抜けていき、まさかと身を乗り出して目を凝らす。

少し先で停まった車から、スーツを纏った長身の男性が降りてきた。

「リュカ……」

あまりの偶然に息を呑み、優斗はその場で硬直する。

「どうした？」

怪訝そうに眉根を寄せた東吾が、優斗の視線を追うように振り返り、窓ガラスの向こうを見つめた。

「知り合いでもいるのか？」

優斗は答えを返すどころではない。車を降りたリュカが、あろうことかこちらに向かって歩き始めたのだ。

店内は丸見えの状態なのだ。店の近くまで来たときに彼は自分に気づき、声をかけてくるに違いない。

テレビのコマーシャルに出演し、雑誌の表紙を飾っているというリュカを、東吾は知っている可能性が高い。

（どうしよう……）

リュカのことを先に話しておくべきだろうかと迷っているあいだにも、彼の姿がどんどん大きくなってくる。

「優斗？」

東吾が呼びかけてきたそのとき、こちらに気づいたリュカが店の前で足を止めた。

驚きの顔で見てきた彼に、優斗が頬を引き攣らせながらも微笑を向ける。

けれど、彼はなぜか笑みを返してくれない。それどころか、厳しい顔つきで店に入ってきた。

真っ直ぐこちらに歩み寄ってきた彼が、テーブルのすぐ脇で足を止める。

にわかに店の中がざわめいた。どうやら客の何人かがリュカを知っていたようだ。けれど、彼はまったく意に介した様子がない。

「知り合い？」

リュカを見上げた東吾が、こちらに視線を移してきた。

「東吾さん、この人は……」

紹介しようとした優斗を、リュカが遮ってくる。

「私に嘘をついたのか？　課題が残っていると言いながら、なぜここにいるんだ？」

「それは……」

詰め寄られた優斗が返す言葉もなく唇を噛むと、リュカがいきなり腕を摑んできた。

「来なさい」

短く言うなり無理やり席を立たされ、ドアのほうへと引っ張っていかれる。

腕に食い込む指先からリュカの怒りが感じ取れたが、理由が思い当たらない。

「ちょっと待って……」

足を踏ん張ってみたが、逞しい彼には敵《かな》わなかった。

「優斗？」

東吾の声に振り返ると、席を立って呆然とこちらを見ている。

「すぐ戻るから」

今にも店の外に引っ張り出されそうな優斗は、そう言い残すのがやっとだった。

店を出たリュカが、腕を摑んだままカブリオレに向かって大股《おおまた》で歩き出す。

「リュカ、いったいどうしたんですか？」

車の脇でようやく足を止めた彼を、困惑顔で見上げる。

「なぜ私に嘘をついてあの男と会っていたんだ？　私よりあの男が好きなのか？」

きつい口調に、怒りの原因が勘違いによる嫉妬《しっと》だと悟った。

相手が誰かを確認もせずに一方的に怒りを露わにする彼に呆れ、つい優斗は笑ってしまう。

「なにを笑っている？」

「彼は僕の従兄です。海外勤務でパリに来ていて……」

「また嘘をつくのか？　そんな説明を私が信じるとでも？」

これまで目にしたことがない怖い顔で、リュカが睨《にら》みつけてくる。

「あの男に鞍替《くらが》えしたから、いろいろな理由をつけて、私の誘いを断り続けていたんじゃないのか？」

「違います」

「では、なぜあの男と一緒にいた？　今日は誰とも約束していないと君は確かに言った」

「約束がなかったのは本当です。彼とは偶然、会ったんです」

優斗は必死だった。

確かに幾度も嘘をついた。けれど、東吾と会ったのは本当に偶然であり、従兄の彼とは誤解されるような関係ではないのだ。

「私の誘いは断っても、偶然、会った男とは食事に行くんだな」

吐き捨てるように言ったリュカが、大きく肩を上下させる。

彼は怒りが収まるどころか、どんどん膨らんでいっているようだ。

課題があると嘘をついたのは悪いと思うけど、本当のことを言っても、信じてもらえないのが寂しい。簡単に浮気をするような男だと思われていたのかと思うと、ひどく悲しくなった。

「優斗ー」

ショルダーバッグを肩にかけ、ブリーフケースを片手に提げた東吾が走ってくる。

自分のことを心配した彼は、支払いをすませて追ってきてくれたのだろう。せっかくの食事を台無しにしてしまって申し訳なくなる。

「急に店を出たりしてごめん」

駆け寄ってきた東吾の肩からショルダーバッグを取って斜めがけにした優斗は、今はリュカと話しても無駄だと思い背を向けた。

「東吾さん、帰ろう」

「ああ……」

東吾はリュカが気になっているようだが、かまわず歩き出す。

「行くな」

背後から腕を摑まれ、強引に振り向かされた。

「ユウトは私の恋人だ。おまえになど渡さない」

東吾に向けて声高に言い放ったリュカに抱き寄せられ、唇を塞がれる。

「んんっ……」

堂々と恋人宣言をしたばかりか、東吾の目の前でくちづけてきた彼の身勝手さに怒りが込み上げてきた。

「はふっ」

思い切り顔を背けて唇から逃れ、怒りに任せてリュカの頬を平手打ちする。

「僕はあなたの恋人なんかじゃない！」

打たれた頬を片手で押さえ、驚きに目を瞠っている彼を一瞥《いちべつ》した優斗は、東吾の腕を取って走り出した。

「優斗、いったいなんなんだよ？」

「話はあとで」

メトロの駅が近くにあることを思い出し、彼の腕を取ったまま入り口を目指して走る。

駅構内まではさすがにリュカも追ってこないだろう。とにかく今は、彼から逃げたかった。

マドレーヌ駅の入り口を見つけ、階段を駆け下りていき、真っ直ぐ自動改札に向かう。

東吾はもちろんのこと、毎日のようにメトロを利用する優斗も、一ヶ月定期をチャージできるＩＣカードを持っているため、チケットを買うことなく改札を抜けられた。

「はぁ、はぁ……」

足を止めて東吾の腕を離し、肩で息をつきながら自動改札の向こうに目をやる。

リュカの姿は見あたらず、胸を撫で下ろす。

少し息を乱している東吾にベンチへと促され、並んで腰を下ろした。

「優斗、座ろう」

「あのさ、さっきの男ってリュカ・ラファランだろう？」

「うん……」

やはり知っていたかと肩を落とし、膝に乗せたバッグを意味もなく弄る。

リュカに対する腹立ちと、くちづけられた瞬間を東吾に見られた恥ずかしさから、咄嗟に恋人ではないと言い返した。

けれど、誰の目にも尋常でないやり取りであることは確かだ。なにより、高級ジュエリー・ブランドの経営者が、自分の従弟《いとこ》を恋人だと言い放ったのだから、東吾も心穏やかではいられないだろう。

いまさら取り繕うことなどできっこない。なにもかも打ち明けなければ、彼は納得してくれないはずだ。

覚悟を決めたものの、東吾の顔を見ながら話せそうになく、優斗は前を向いたままリュカと出会ったところから話し始める。

「この前、東吾さんとお昼を一緒に食べたあと、〈ポンピドゥー・センター〉の前で別れたでしょう？　あそこで彼に似顔絵描きを頼まれて……」

定期的にホームに入ってくるメトロのけたたましい音や、客が乗り降りするざわめきに、ときおり言葉が途切れた。

それでも、イメージ・モデルを引き受け、熱心に口説いてくる彼に惹かれている自分に気づき、恋人としてつきあい始めたこと、そして、秘書から交際を窘《たしな》められ、モデルの仕事が終わった時点で別れる決意を固めたことまでを、すべて包み隠さず打ち明けた。

「なんか会わないあいだに、いろんなことがあったんだな」

話を聞き終えてそうつぶやいた東吾が、驚きと呆れが入り交じったような、なんとも言い難い顔を向けてくる。

にわかには信じられないような話なのだから、そんな顔つきになるのもしかたないだろう。

「本当は別れたくないんだろう？」

「うん……」

力なくうなずいた優斗の瞳から、大粒の涙が零れ落ちる。

さきほどのリュカは、嫉妬に駆られてひどい仕打ちをしてきた。けれど、いくら言っても信じてもらえない悲しさや寂しさは感じたものの、好きな気持ちは消えていない。

「俺はさ、優斗が男と恋愛しても、べつにとやかく言うつもりはない。俺の周りにもゲイはいるし、恋愛の形態は人それぞれだと思ってるからな。ただ、相手があの人ともなれば、さすがにそうも言っていられない」

「東吾さん？」

項垂れていた優斗は、頭を起こして東吾を見返す。

「あの人に恋している優斗にこんな言い方はしたくないけど、リュカ・ラファランは、おまえがつきあうような相手じゃない。女の子なら玉の輿《こし》に乗ったなって喜んでやれたかもしれないが、おまえは男だからな」

「東吾さんも別れたほうがいいって思う？」

神妙な面持ちで、彼の答えを待つ。

リュカと別れると決めておきながら、未練がましい気持ちを抱いてきたが、東吾の答え次第では心に決着がつけられそうな気がしていた。

「彼は貴族の血を引く、世界的ジュエリー・ブランドの経営者なんだぞ、恋人が男だと知れたら騒ぎになるよ。親族や会社のお偉方が優斗を排除しようと躍起になるに決まってる。無理やり引き裂かれるくらいなら、つきあいが浅いうちに別れたほうがいいんじゃないかな」

「でも、モデルの仕事はいまさら辞められないよ……」

仕事は全うすべきだと考えてきた優斗は、どうしたものかと助言を求める。

「まだ撮影に入ってないいんだろう？」

「うん」

「それなら断るべきだと俺は思うぞ。契約書を交わしていたら厄介だけど、そんなことしてなさそうだし、断ったところで訴えられることもないだろう」

「そうだね」

彼の言葉に背中を押され、気持ちがだいぶ楽になった。

「僕、これからリュカに会ってくる」

「今から？」

「こういうことは早い方がいいと思って。それに、仕事の打ち合わせが明後日あるから、先に断っておかないと」

すっくとベンチから立ち上がり、東吾に向き直る。

「せっかくのご馳走を無駄にしてごめんね」

「そんなこと気にするな。また一緒に食事をしよう」

「ありがとう。じゃあ、行ってくるね」

優斗はにこやかに別れを告げ、ホームに滑り込んできたメトロに乗り込んだ。

動き出したメトロの車内から、見送ってくれている東吾が見えなくなるまで手を振った。

「まだ家に戻ってないかな……」

尻ポケットから携帯電話を取り出し、迷い顔で見つめる。

リュカがビストロの近くで車を停めて降りてきたのは、なにか用事があったからだろう。まだ家に帰っていない可能性が高い。

先に彼に電話をして、会う約束をしたほうがいいのはわかっている。それでも、怒り満面だった彼を思い起こすと、すぐには会ってくれないような気がした。

今日のうちにすべてを終わりにしておかなければ、またしても心が揺れてしまいそうで怖く、とりあえずリュカの家を直接、訪ねることにした優斗は、メトロの乗り換えを確認するために路線図に目を向けていた。

第九章

「なんか無駄に時間を使っちゃったな……」

リュカの屋敷を訪ねながら、留守で会うことができなかった優斗は、まだ会社にいるはずだと教えてくれたヴェルニュの言葉を信じ、〈ラファラン〉本店にやってきた。

「あれ？　閉まってる……」

ショップは閉店してしまっていても、社員の出入り口は開いていると思ったのだが、扉がビクともしない。

高額の商品ばかりを扱う〈ラファラン〉は、セキュリティが厳重だ。裏通りに面した扉を入ると、そこに警備員が立っていて、その奥に受付がある。

そこで訪問者のボディチェックが行われ、問題がないと判断されて初めて、受付の先にある扉が開かれるのだ。

ただ、前回は目の前にある扉に鍵は掛かっていなかった。ここが閉まっているということは、もう誰もいないということなのだろうか。

「スタッフは外に出られる仕組みになっているとか？」

押しても引いても開かない扉を、せっかくここまで来たのにと睨みつける。

「誰か出てきてくれないか……」

そうつぶやいた瞬間、ガチャリと音がして目の前の扉が動いた。

「あっ……」

思わずピョンと退く。

これでリュカがいるか確認できると喜んだが、それも一瞬のことでしかなかった。

「ムッシュー・ジョルジュ……」

なぜ出てきたのがローランなのだと、胸の内で嘆く。

「こんなところでなにをしているんですか？」

疑いのこもった視線を向けてきたローランの後ろで自然に扉が閉まり、カチッとロックされたような音がした。

「リュカに会いに……」

「仕事以外では会わないでくださいとお願いしたはずですが？」

ローランは言葉遣いこそ丁寧なままだが、口調がいつになくきつい。

リュカとの交際を反対する東吾の言葉は素直に聞けても、ローランに頭ごなしに言われると、なぜ彼に命令されなければならないのだと腹立ちを覚えてしまう。

「僕、リュカに別れを言いにきたんです。モデルもお断りするつもりです」

「勝手な真似はしないでください。今そんなことをされたら、リュカがやる気をなくしてしまうではありませんか。だいたい、一度、引き受けた仕事を断るなど非常識すぎます」

ズイッと前に出てきたローランに食ってかかられ、あまりの勢いに圧倒された優斗は後じさりする。

それでもリュカと別れ、モデルを辞める決意は揺るがず、気を取り直して彼と向き合った。

「リュカと別れなきゃいけないのに、それを隠して一緒に仕事をする僕がどんな気持ちでいるか知ってますか？　リュカと仕事なんかできるわけない。できっこないことを強要してくるあなたのほうが非常識です」

負けじと言い返した瞬間、ローランが目を吊り上げる。

「あなたの気持ちなど知ったことではありません。私にとって重要なのは、リュカが仕事に専念し、そして、新作のプロモーションを成功させることだけです」

「だからって……」

勝手な言い分に怒りが頂点に達した優斗が言い返そうとしたとき、音を立てて目の前の扉が開き、リュカが姿を現した。

「ユウト？」

勝手に閉じてカチッと音を立てた扉の前で、彼がなぜここにいるのだと言いたげに眉根を寄せて見つめてくる。

「なにか用か？」

小一時間ほど前のことがまだ尾を引いているのか、彼の声には冷たさが感じられた。まだ東吾のことを誤解したままなのだろう。けれど、別れを告げにきたのだから、もうどうでもいいことだった。

「リュカ、僕は……」

「なんでもありません。彼は明後日の打ち合わせの確認にいらしただけで……」

慌てた様子で割って入ってきたローランが、優斗の姿を隠すように前に立ちはだかる。

「どいてください」

彼を押しのけて前に出て行く。

「僕はリュカに別れを言いにきました」

背後からローランの息を呑むのが聞こえてきたが、優斗はかまわず続ける。

「投げ出すようで申し訳ないのですが、モデルの仕事も辞めさせていただきます」

きっぱりと言い切ると、リュカが大きなため息をもらした。

「そんなにあの男がいいのか？」

見当外れも甚《はなは》だしい問いかけに、そうではないと首を横に振って見せる。

「彼は本当に僕の従兄です。たまたま会って、一緒に食事をしていただけにすぎません」

「では、なぜ私のもとを去ろうとするんだ？　従兄に嫉妬した私に呆れたのか？　嫉妬したのは君を愛しているからこそだぞ。実の従兄だとわかれば嫉妬心などすぐに消える」

真っ直ぐにこちらを見つめてくるリュカは、馬鹿な考えなど起こすなと言いたげだ。

「嫉妬されたくらいで別れを考えたりしません。前にも言いましたけど、上流階級に生きるあなたに僕は相応しくない。それは誰の目にもあきらかです。それに、〈ラファラン〉にはあなたの血を受け継ぐ後継者が不可欠なはずです。それができるのは女性であって僕じゃない……」

嫉妬も愛ゆえと教えられたせいか、理由を説明していながら心が揺らいできた。

こんなにも愛してくれているリュカと、どうして別れなければならないのだろうか。

繰り返し自らに問いかけ、そのたびに相応しくないからだと答えを出してきたのに、同じ問いかけをしてしまう。

この期に及んで往生際が悪いにもほどがあるとわかっていても、考えずにはいられなかった。

「ユウト、君は私の言葉を忘れてしまったのか？」

静かな口調で訊ねられ、わずかに首を傾げて見返す。

「生まれ育った環境はみな違うし、身分の差も確かにある。だが、そんなものは愛し合う者たちの障害にはならない。私たちが愛し合っているかどうかが重要なんだと、そう言ったはずだ」

「覚えていますけど、僕は男で子供が……」

大きく揺れ動く心に、言葉尻が窄んでしまう。

「くだらない、なぜ君がそんなことで悩む必要がある？　遺伝子を残すことなど今の時代は容易いんだぞ」

リュカがこともなげに言ってのけたとたん、ローランが血相を変えて口を挟んでくる。

「リュカ、なんてことを仰るんですか。遺伝子を残せばいいという話ではありません。あなたは伝統あるラファラン家の当主であり、ジュエリー界の最高峰である〈ラファラン〉の経営者なんですよ。正統な世継ぎを残す義務があります」

声高に意見するローランを、リュカが冷ややかに見返す。

「正統とはなんだ？　ラファラン家の遺伝子を受け継いでいれば正統な子だろう？」

「では、リュカは公の場に彼を伴っていかれるおつもりですか？　そんなことは許されません。あなたの隣にいるべきは、血筋がよく美しい女性であるべきです」

ローランのもっともな言葉に、優斗は胸が痛む。

確かに、愛し合っていれば、育った環境や身分の差には目を瞑れるかもしれない。けれど、性の問題を無視することは難しい。

優斗が素直にリュカの胸に飛び込めないのは、彼と同じ性である以上、それは絶対に乗り越えられない壁となって立ちはだかると思っているからだ。

「たいした偏見の持ち主だな」

「偏見ではなく、私はあなたと〈ラファラン〉のために……」

執拗《しつよう》に食い下がろうとするローランに、リュカが厳しい口調で命じる。

「私のためを思うなら口出しなどせず、すぐに立ち去ってくれ」

「リュカ……」

しばし呆然とリュカを見つめていたローランが、きつく唇を噛みしめて背を向けた。

なにも言わず歩き出した彼の姿が、薄暗い裏通りの向こうに消えていく。

「ユウト」

リュカが改めてこちらに向き直ってくる。

「後継者のことなど、君は考えなくていい。私は誰よりも愛する君と生涯を共にしたいと思っている。君の正直な気持ちを聞かせてくれないか？」

静かな口調で問いかけてきた彼を、優斗は真っ直ぐに見つめた。

彼の愛が真実であることは疑いの余地がない。どんなときでも、彼が口にする愛の言葉は深く胸に響いてくる。

そして、自分にとって彼がかけがえのない存在になっていることも明白だった。別れる決意を固めて気づいたのは、彼に対する紛れもない恋心なのだ。

「僕は……あなたが好きです……離れたくない……でも、いろいろなことを考えると、先のことが不安で……」

リュカを好きだからこそ、不安が尽きない。その思いを正直に口にすると、彼が柔らかに微笑んで片手を差し出してきた。

「ユウトの不安など、すべて私が取り除いてあげるよ。私の愛を受け止めてくれるなら、この手を取ってくれないか？」

「リュカ……」

迷いも露わな顔で、手入れの行き届いた形のいい彼の手を見つめる。

この手を取ってもいいのだろうか。たぶん、世間的には祝福されない関係だ。さまざまなところから横槍《よこやり》が入ってくることだろう。

互いの愛がどれほど確かなものであっても、苦難の道も乗り越えられるかどうか自信がない。

それでも、溢れ出してくるリュカに対する愛を、抑え込むことなどできるわけもなく、優斗はおずおずと差し伸べられた彼の手を握り取った。

その瞬間、破顔した彼に握り合った手を引かれ、これまでにないほど強く抱き締められる。

「なにも怖がらず、君は私の愛に溺れていればいい」

耳をかすめていった甘い声音の囁きに、広い胸の中で何度もうなずく。

周りの反対に打ち勝つだけの強さが、自分にあるかどうかはわからない。ただ、たとえ辛くて挫けそうになっても、彼がそばにいてくれれば大丈夫な気がしていた。

「リュカ……」

そっと両手を彼の背に回し、優斗は躊躇いを感じることなく抱き合える喜びに浸る。

「ユウト、いますぐ君が欲しい」

とんでもない言葉を口にした彼を、目を丸くして見上げた。

「おいで」

「あっ……」

再び手を握り取ってきた彼が、背後の扉に向き直ってノブを握る。

カチッと小さな音が聞こえ、苦もなく扉が開いた。

「なんで？　さっきはいくらやっても開かなかったのに……」

建物の中へと導かれながらも、優斗は妙に扉のことが気になり、不思議そうに首を傾げて後方に目を向ける。

「ああ、あの扉は指紋認証式になっているから、登録している人間ならロックされていても外から入ることができるんだ」

「へぇ、そうなんだ……」

リュカの説明に感心していた優斗も、彼が受付の奥の扉を抜け、さらにはエレベーターホールに向かうと、いったいどうするつもりでいるのだろうかと気になり始めた。

「あの……それで、どこへ？」

足並みを揃えながらも、リュカに訝しげな視線を向ける。

「社長室だ。あそこならシャワーも浴びられるからね」

「シャワーって……」

優斗は一気に顔が赤くなった。

社長室に向かう彼は、本気でことに及ぶつもりでいるらしい。

互いの愛を確認できた喜びに、いつになく昂揚していることは理解できる。

それでも、仕事場で淫らな行為に至ってもよいのだろうかと、戸惑いを覚えた。

「さあ、乗って」

ドアが開いたエレベーターに、リュカが急いたように乗り込む。

一瞬、躊躇ったが、握り合っている手を引っ張られ、半ば強引に乗せられてしまう。

すぐさまドアが閉まり、エレベーターが動き出す。一分とかからず社長室がある最上階に到着し、手を引かれてエレベーターを降りた。

相当、気持ちが逸っているのか、彼はズンズンと大股で歩いていく。社長室に向かう目的があきらかなだけに、羞恥からどうしても優斗は足が遅れがちになった。

「時間はたっぷりある。ゆっくり楽しもう」

陽気に言いながら社長室のドアを開け、照明を灯したリュカに背を軽く押され、しかたなく先に足を踏み入れる。

ドアを閉めた彼が羞恥と戸惑いに立ち尽くしている優斗の脇を通り抜けていく。

ネクタイを緩めながら、着々と準備を進めていく彼を前に、羞恥が募ってきた優斗は、意味もなく贅の限りを尽くした重厚感溢れる部屋を眺める。

(なんか後ろめたい……)

すっかりその気になっているリュカは、日を改めようと言ったところで、絶対に聞き入れてくれないだろう。

彼が好きだから、いまさらセックスを拒むつもりはない。ただ、ここは彼の仕事場であり、いわば神聖な場所だ。できれば別のところでと思ってしまう。

「まずはシャンパンで乾杯したいところだが、今はそうする間も惜しいくらいだ」

リュカがこちらに向き直り、優斗が斜めがけしているショルダーバッグに手を伸ばしてくる。

彼の逞しい体を間近にしてただならない羞恥に襲われ、優斗はさりげなく視線をあらぬほうに向けた。

「気乗りしない顔をしているね?」

ショルダーを持ち上げて頭をくぐらせた彼が、バッグを静かにテーブルへ下ろす。

「会社ですることに抵抗があります」

暗に咎めてみたのだが、彼は優斗が着ているシャツのボタンを外しながら、ただ笑って肩をすくめた。

「まだ残って仕事をしているスタッフがいるんじゃないんですか?」

「こんな時間まで残っているのは私くらいのものだ」

シャツのボタンを外し終えた彼に、片手でそっとあごを捕らえられ、顔を上向かされる。

これまでになく熱っぽい瞳と、指先から伝わってくる温《ぬく》もりに、勝手に体温が上がった。

触れたくても触れることが叶わなかった寂しさや辛さが、スーッと消えていく。社長室で抱き合うことに対する戸惑いすら、触れられたとたんに薄れていった。

「ユウト、愛しくてたまらない……」

頬に触れている指先で唇をなぞられ、こそばゆさに肩がピクッと震える。

「この一週間、君を抱きたくてしかたなかった……ようやくこの手に抱けると思うと、嬉しくてたまらない」

真っ直ぐに見つめてくるリュカが、頬から首に沿って手を滑り落としていく。

「あっ……」

前がはだけたシャツの中へと滑り落ちた手が小さな突起をかすめ、そこから甘酸っぱい痺れが駆け抜けていく。

感触を楽しむかのように大きな手が肌の上を彷徨《さまよ》う。触れられるほどに身体の熱が高まり、膝から力が抜けていった。

「おいで」

グラリと揺らいだ身体を片腕に抱き留めた彼に、ソファへと導かれていく。

柔らかな革製のソファは、楽に仮眠が取れるほどの大きさがある。

腰を抱き留められたまま彼と並んで腰を下ろすと、そのままソファに押し倒された。

「ユウト……」

脇に座って両の肩を押さえていた彼が、両手で優斗のシャツの前を開き、ゆっくりと胸に顔を埋めてくる。

「あぁ……」

小さな塊をペロリと舐められ、勝手に甘ったるい声がもれた。

「君の声にそそられる」

視線だけを上げてそう言った彼が、乳首に軽く歯を立ててくる。

「やっ……んんん……」

ピリッとした痛みをともなう痺れに、彼の柔らかなブロンドに指を絡めて身を捩った。

瞬く間に硬く凝った乳首を、音を立つほどに吸われ、舌先で転がされ、もどかしい感覚に全身が震える。

「はぁ、あ……ああっんんっ」

自分がもらした声がとてもいやらしく聞こえ、優斗は唇を噛んであごを反らす。

乳首だけでこんなにも感じてしまうのが、恥ずかしくてたまらない。

それなのに、丹念に舌先で転がされたり、甘噛みされると、駆け抜けていく快感に声を抑えられなくなる。

「やあっ……んんっ……あっ……んん……」

甘い痺れがひっきりなしに湧きあがり、意識のすべてが唇に含まれている乳首に向かう。いつもは気にならないほど小さなそこが、愛撫されるほどに大きくなっていくような錯覚を起こす。

「あぅ」

もう片方の乳首を爪の先で弾かれ、双方で快感が弾けた。と同時に股間のあたりがムズムズし始める。

「リュカ……リュカ……」

譫言《うわごと》のように名を呼びながら、疼き出した腰をもどかしげに揺らす。

まだくちづけも交わしていない。ただ胸の小さな突起を弄られているだけなのに、驚くほど身体が昂《たかぶ》っている。

「リュカ……」

蕩けるほど甘いくちづけをしてほしくなり、ブロンドに絡めている両手でリュカの頭を持ち上げた。

「辛い?」

勘違いした彼に頭を起こして小さく首を横に振り、自ら望みを口にする。

「キスして……」

恥ずかしさもあり消え入りそうな声になってしまったが、無事に彼の耳には届いたようだ。

「いくらでも」

微笑んだリュカが、身体をずらして唇を触れ合わせてくる。

「んっ」

舌先で唇をなぞり、軽く啄んだあと、ようやく深く重ねてきた。

歯列を割って入り込んできた舌先が、余すところなく口内を舐めてくる。

ゾクゾクするようなくちづけに、優斗は我を忘れて夢中になった。

「ん――――っ」

搦め捕られた舌を強く吸われ、あごが大きく上がる。

くちづけ合うほどに身体の熱が高まり、股間の疼きが激しくなっていく。下着の中では、すっかり己が頭をもたげている。

「ふ……んんっ」

いますぐ弄りたいほど熱を帯びた己に、優斗が無意識に手を伸ばすと、それに気づいたらしいリュカが唇を離して頭を起こした。

「自分でしようとするなんて悪い子だな」

彼が笑いながら股間に触れる寸前の手を払いのけてきた。

我に返った優斗は、慌てて手を引っ込める。

「私の楽しみを奪っていけないよ」

耳元で窘めてきた彼が起き上がり、ソファの端に腰かける。

デニムパンツのボタンを外し、さらにはファスナーを下ろして前を開いていく。

「窮屈そうだ」

下着の膨らみを直視され、全身がカッと熱くなった。

「早く楽にしてあげないと可哀相だ」

ニッと笑った彼に、スニーカー、靴下と脱がされ、さらにはデニムパンツと下着を一緒に下ろされる。

あっという間に硬く張り詰めた己が空気に晒され、とてつもない恥ずかしさを覚えた優斗は、寝返りを打って背を向けた。

「ユウトは恥ずかしがり屋さんだな」

笑いを含んだ声が聞こえてくると同時に身体を起こされ、ソファに座らされる。

シャツを纏っているとはいえ、胸は露わだから裸同然だ。そんな格好で彼を前に座っているのが耐え難く、あたふたと両手で股間を押さえた。

「まあ、そんなところが愛しくてたまらないんだが……」

笑みを浮かべる彼が、有無を言わさず膝を大きく割り、広げた脚のあいだに跪いてくる。

「リュカ?」

股間を覆う手を摑んできた彼を、まさかといった思いで見下ろす。

「遠慮なくイッていいよ」

そう言って唇を舐めた彼が、優斗の両手を脇に避《よ》け、躊躇うことなく股間に顔を埋めていく。

口淫は経験ずみだが、自分ですべてが見える状態は、並大抵の恥ずかしさではない。

けれど、彼は悠々と天を仰いでいる己を、かまわず喉の奥深くまで呑み込んでいった。

「はっ……あぁぁ……」

張り詰めた己を唇で擦られる心地よさに、羞恥があっさり吹き飛んでいく。

あまりの快感に下腹が波打った。

「あんっ」

すっぽりと咥えた彼が、窄めた唇をくびれに向かってずらしていく。

たまらない快感がそこで弾け、全身がブルブルと震えた。

「ん……ふっ」

くびれを舌先でなぞられ、腰が跳ね上がる。

膝から力が抜け、だらしなく開いていった。

「ひゃっ」

鈴口に舌先をねじ込まれ、またしても腰が跳ねる。

湧きあがってくる快感は強烈すぎるほどだった。

「ユウトはここが好きみたいだな」

いったん頭を起こした彼が、唾液に濡れている優斗自身を片手で握り取り、改めて先端部分に顔を近づけていく。

「ひゃっ……あっあっ……んっ……んん……」

鈴口を集中的に舐められ、そこから湧きあがってくる先ほどよりも強烈な快感に、妖しく腰を揺らめかす。

とめどなく溢れてくる蜜《みつ》をときおり吸われ、目眩を起こしそうだった。

「も……やっ……辛い……」

執拗に続く鈴口への刺激に音を上げた優斗は、両手でリュカの頭を押しやろうとするが、彼は頑としてやめてくれない。

「あぁ……」

鈴口の奥を抉るように舐められ、強すぎる痺れに無闇やたらに腰を揺らした。

今にも達してしまいそうな感覚があるのだが、快感が強すぎるゆえに射精できない。それがもどかしくてならないのだ。

「リュカ、それ……やっ」

両手で頭を摑んだまま泣き言を口にすると、ようやく彼が顔を遠ざけてくれた。

「きつすぎるか？」

濡れた唇を拭いもせず訊ねてきた彼に、優斗はコクコクとうなずき返す。

「ユウトはまだまだお子様だな」

強烈な快感から逃れて安堵したのもつかの間、肩を揺らして笑った彼が、甘く痺れている鈴口を指先でチョンと弾いてくる。

「ひっ……い……あぁぁ」

不意を突いた刺激に、下腹の奥でドクンと弾けた熱の塊が、奔流となって押し寄せてきた。

「あっ……ん」

咄嗟に両手でソファの端を摑み、腰を突き出した優斗自身の先端から、勢いよく精が迸る。

「はっ……あああぁ……」

予期せぬ吐精に、ソファの背に頭を預けて身体を震わせた。

己を片手に握っているリュカが、吐精に合わせて扱いてくれているのが、たまらなく気持ちよく、快感が倍増していく。

「はぁ……」

吐精を終えてブルッと身震いし、だらしなく膝を広げたまま、うっとりと天井を見つめる。

「んっ」

放心状態で余韻に浸っていた優斗は、達したばかりの己をきつく吸い上げられ、パッと頭を起こした。

「呆気《あっけ》なかったな」

股間から顔を上げたリュカが、手にかかった優斗の精を舐めていく。

不意の吐精に、自分の腹だけでなく、彼の手まで汚してしまっている。

「す……すみません……」

射精を我慢できなかった情けなさに、顔を赤くして項垂れた。

「謝ることはない。限界が近いことに気づかなかった私が悪いんだ。汚れる前に脱いだほうがいいだろう」

優斗が羽織っているシャツを脱がしてくれた彼が、自らも服を脱いでいく。

すぐに隆々と天を仰ぐ彼自身が姿を現す。見ることに羞恥を覚えているのに、唖然とするほどの逞しさに、目が釘付けになってしまう。

「後ろ向きで私を跨《また》いでごらん」

一糸纏わぬ姿で隣に腰を下ろしてきた彼が、自分の腿を軽く叩いて促してきた。

そう言われても、互いに裸だけに躊躇いがあり、困り顔で彼を見返す。

「いつまでも恥ずかしがっていたら楽しめないぞ。少し積極的になったほうがいい」

彼が急かすように再度ポンポンと自分の腿を叩いてきた。

グズグズしていたら、彼だって機嫌を損ねるだろう。彼が言うように恥ずかしがっていたら先に進めない。そう思い直し、ソファを降りて彼の足に跨がった。

尻に硬く張り詰めた彼自身があたり、焼けるような熱を感じる。たったそれだけのことに、身震いしてしまう。

「ちょっと身体を引くよ」

膝裏に手を差し入れてきた彼に身体を持ち上げられ、先ほどよりも深く座らされる。

「あふっ」

思わず吐息がもれた。

座り直したことで彼自身に双玉を収めた袋を押し上げられたのだ。

それだけではない、彼の屹立《きつりつ》と己がぴったりと重なっている。互いの熱が混じり合い、妙な感覚に陥った。

「悦びを得るにはいろいろな方法があることを教えてあげよう」

優斗の肩にあごを乗せてきた彼が、片手を前に回してくる。

その手が互いのモノを一緒に握り取り、ゆるやかに動き始めた。

「う……うん」

先ほど達して萎えた己を擦られ、じんわりと心地よさが広がっていく。

唾液を纏わせてあるのか、彼の手はとても滑らかに動いた。

「んっ」

もう片方の手で乳首を摘まれ、走り抜けた痺れに肩を震わせる。

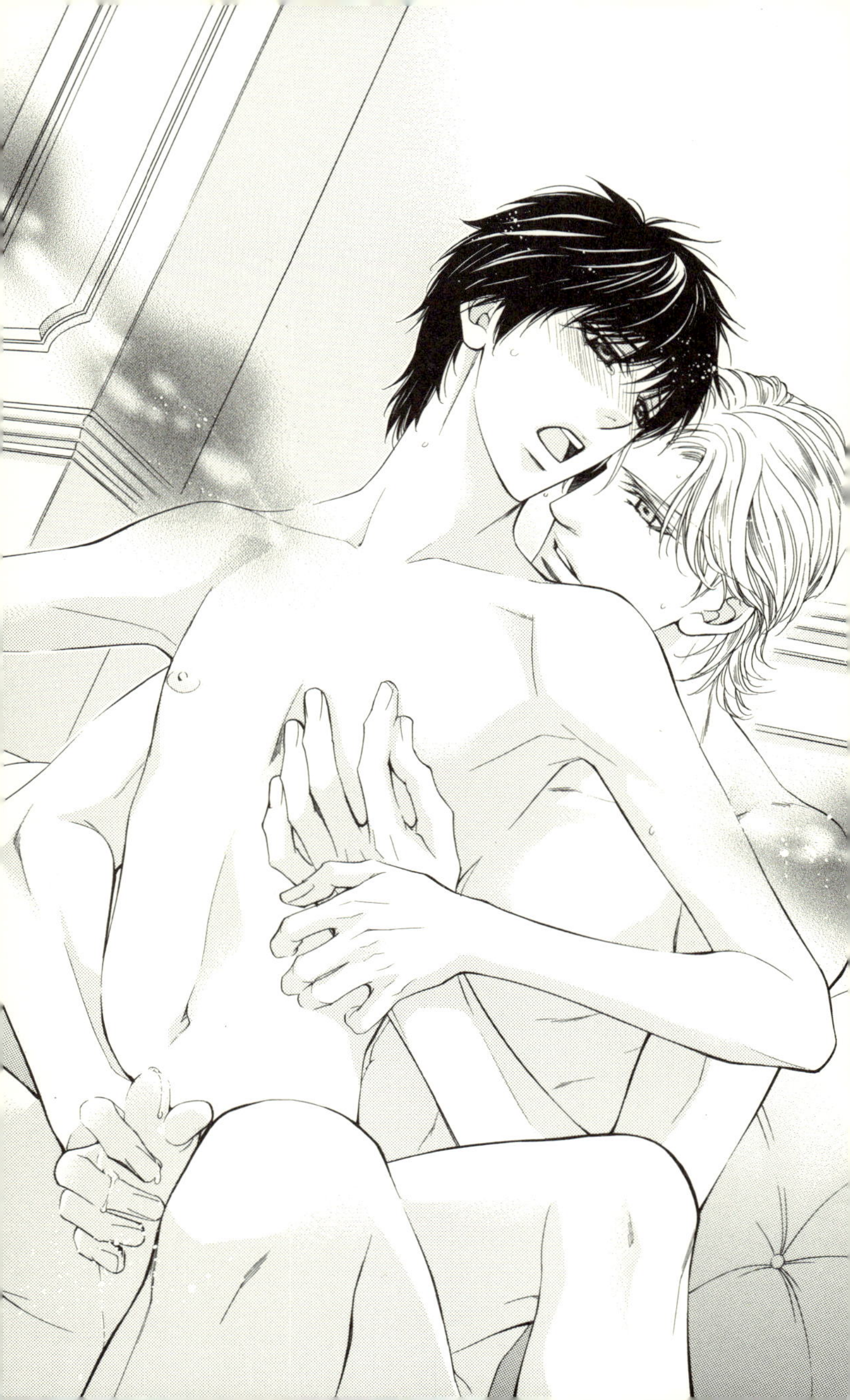

「イッたあとのユウトは甘い香りがするな」

耳をかすめていった吐息、己から湧きあがり始めた快感、乳首で感じる痺れに、達して熱の引いた身体が再び火照り出す。

いったんは萎えた己が、驚いたことに早くも力を漲らせてきた。とても恥ずかしい格好をしているのに、あちらこちらから湧きあがってくる快感に意識を奪われていく。

「リュカ……気持ちいい……」

広い胸に背を預け、吐息混じりの声をもらすと、彼が肩越しにくちづけてきた。

「ふっ……」

突然のくちづけに驚きながらも、自ら首を捻《ひね》って深く唇を重ねる。

「んんっ」

舌を絡め合いながら、己を擦られ、乳首を弄られ、どこでどう感じているのかわからなくなってきた。

身体中で快感を得ているような気さえしてくる。そこかしこが甘く痺れていて、蕩けそうなほど熱い。

「はふっ……」

長いくちづけに息苦しさを覚えた優斗は、顔を背けて唇から逃れると、目を閉じて絶え間なく湧きあがってくる快感に浸った。

「あぁ……ああっ……んんっ……」

互いの蜜に濡れた手で己を丹念に愛撫され、再び下腹の奥で馴染みのある感覚が渦巻き始める。

「リュカ……」

もどかしげに腰を揺らすと、彼が片腕にしっかりと抱え込んできた。

そうして、股間にある手と同時に腰を前後に動かしてくる。

「ふっ……は……あぁ」

手で擦られるだけでなく、互いのモノが擦れ合い、かつて味わったことがない快感が己から溢れ出す。

「ユウト、今度は勝手にイッたりするな」

耳をかすめていった彼の声は、かすかに上擦っていた。

それに、背中に伝わってくる鼓動もやけに速い。

きっと、彼も自分と同じように快感を得ているのだ。それが嬉しく感じられ、今度は一緒に達したいと強く思う。

後ろに手を回して彼の脇腹を摑んだ優斗は、拙《つたな》いながらも自ら腰を前後に揺らしていく。

「いいぞ、ユウト……」

熱っぽい吐息が、首筋をくすぐってくる。

「リュカ……んんっ……気持ち……いい……」

動きを合わせることで増幅した快感に、激しく身を震わせる。

「あぁぁ……もっ……出そう……」

突然、押し寄せてきた抗い難い射精感に、首を捻って救いを求める視線を向けると、彼がうっすらと汗が滲む顔に笑みを浮かべた。

「私もそろそろ限界だ……」

彼が手と腰の動きを一気に速めてくる。

射精感が高まり、どうにも我慢できなくなった。

「はっ……ぁあ、もっ……出ちゃう……リュカ……」

「ユウト……」

ひときわ大きく腰を突き上げてきた彼が、ピタリと動きを止める。

「んっ」

ほぼ同じくして短い極まりの声をあげ、互いのモノを包み込む手の中で精を解き放つ。

「ああぁぁ……」

互いの精にまみれていくのを感じながら、優斗は二度目の吐精に放心していく。

「あふっ」

小さく息を吐き出すと、背後で彼がブルッと身震いした。

「はぁ……」

満足げなため息をもらしたリュカが、優斗の肩にトンと額《ひたい》を預けてくる。

互いに動きが止まり、静寂に包まれた部屋でしばらく余韻に浸った。

立て続けに二度も達したことで、身体に力が残っていない。こんなにも大きな脱力感を味わうのは初めてだった。

「ユウト、このまま続けられるか？」

「えっ？」

すっかり彼に寄りかかっていた優斗は、慌てて振り返る。

これで終わりではないというのだろうか。もうクタクタだ。とてもではないが、これ以上は身体がもたない。驚きと呆れの入り交じった顔で彼を見つめた。

「無理そうだな」

リュカが残念そうに力なく笑う。

「すみません……」

「気にすることはない。時間はたっぷりあると言っただろう？　少し休んでから再開すればいいだけのことだ」

背後から両手で抱き締めてきた彼が、そっとソファに横になる。

諦めてくれたわけではないらしいが、精力的な彼をいやだとは思わなかった。そればかりか、彼のために早く体力を取り戻さなければと思い始める。

「寒くないか？」

「大丈夫です」

気遣ってくれた彼に、前を向いたまま答え、小さく息を吐き出す。

身体に触れている彼自身は、達してもなお熱も硬さも保っている。きっと、あまり長くは休憩させてくれないだろう。

腕に抱かれて身体を休める優斗は、リュカとともに歩む決意をしたことで得られた幸せを、しみじみと噛みしめていた。

第十章

ついに撮影本番の日がやってきた。

〈ラファラン〉本店の地下にあるスタジオでは、今まさに撮影が行われている。

カメラの向こう側にいる、リュカをはじめとしたプロモーションに携わる大勢のスタッフに見守られながら、雪深い森をイメージしたセットに立つ優斗は、眩い照明を浴び続けていた。

「いいねぇ、今度は視線をこっちに」

カメラマンが高く挙げた片手に、言われるまま視線を向けた。

淡いピンク色のドレスを纏い、フワフワしたブロンドの長いウイッグを着け、丹念なメイクを施され、新作ジュエリー一式を身につけた優斗は妖精そのものだ。

足下は模造の雪に覆われている。背後には雪を纏った何本ものもみの木が立っていた。

奥には十字架を掲げた教会の模型があり、ほのかな明かりに包まれている。遥か遠くにあるよう見せるため、実際には両手でも持てるほどの大きさしかない。

コンセプトは「雪降る森に迷い込んでしまった妖精」で、笑顔は必要ないと先に説明された。

素人の優斗がプロモデルのように笑顔をつくるのは無理だろうと判断してのことらしいが、カメラを前に笑みを浮かべるのは難しいと考えていただけで救われた思いがあった。

「ちょっと横向いてみて」

カメラマンが次々に指示を出してくる。

モデルの経験などないから、言われるまま動いているだけだ。

自分がどのように写っているのかさっぱりわからず、大丈夫だろうかと不安ばかりが募ってくる。

それでも、カメラの前に立つ直前、リュカからこっそり愛を囁かれた優斗は、彼のためにできる限りのことをしようと、逃げ出したい思いを抑え込んでいた。

「いいよ、いいよ。そのまま」

静かなスタジオに、シャッター音が立て続けに響く。

「これで最後だから、笑ってみようか」

突然の指示に慌てた優斗は、カメラマンのすぐ後ろで撮影を見守って立っているリュカに、戸惑いも露わな視線を向ける。

すると、彼は満面の笑みでこちらに投げキッスをしてきた。この状況でなにを考えているのだろうかと呆れて笑うと、その瞬間、シャッター音が響いた。

「最高、よかったよー」

カメラマンの声を合図に照明が落とされ、スタジオのスタッフたちが慌ただしくセットを片づけ始める。

このあとに、ウェディング・ドレス姿での撮影が控えているため、セットを替えるのだ。

「ブラボー、ユウト」

「ユウト、素敵だったわよ」

彼らから向けられる賞讃の声と拍手に照れ笑いを浮かべていると、リュカがすかさず歩み寄ってきた。

「お疲れさま」

「あの……使えるような写真が撮れたんでしょうか？」

「もちろんだよ。選ぶのに苦労しそうだ」

肩に手をかけてきた彼が、労《いたわ》るように優しく抱き寄せてくれる。

当初の彼は人前も憚らずくちづけてきたりしたが、こちらに気を遣って今は自重してくれているようだった。

「ユウト、衣装を替えるわよ」

「はーい」

女性スタッフに返事をし、リュカを見上げる。

「着替えてきます」

「ああ」

にこやかにうなずいた彼のもとを離れ、優斗は別室に向かう。

急いで部屋に入っていくと、待ち構えていた衣装担当の女性スタッフたちによって、ドレスを瞬く間に脱がされた。

同時に別のスタッフがメイクを落としていく。撮影のために呼ばれたプロのメイクアップアーティストは男性で、部屋には男女が入り乱れている。

女性モデルのときでも状況は同じだと教えられた。プロのモデルは異性の目など気にしないらしい。着替える際には、平気で素っ裸になったりするそうだ。

自分は素人なのだから、気にせずにはいられない。胸の内ではそう思っていたが、今日はモデルに徹すると決めたこともあり、気にしないよう心がけていた。

「はい、足入れて」

下着一枚の姿にされた優斗に、女性スタッフたちが純白のウェディング・ドレスを着付けていく。

妖精のドレスと同様、こちらも胸元が大きく開いている。メインは新作ジュエリーの数々であり、それらがもっとも映えるデザインになっているのだ。

シルクサテンで仕立てられたドレスは襟も袖もなく、細身のボディを極細の紐で吊っている。

胸にはレースで作った薔薇《ばら》が散りばめられ、ギャザーを寄せて絞ったウエストからスカートが大きく広がっていた。

スカート部分には幾つものタックが施され、ボリュームがありながらもキュートに仕上がっていた。

「ウイッグを替えてもいいかしら」

同時進行でメイクをしてくれていた男性が、いったん手を止める。

すかさずウイッグがプラチナブロンドのセミロングに替えられた。

「メイクが終わったらベールをかけるわね」

驚くほどの速さで衣装替えをすませた女性スタッフたちが、優斗のために椅子を持ってきてくれる。

「ありがとうございます」

優斗が礼を言うと、男性がメイクの手を止めてくれた。

腰かけると同時に前に跪いてきた彼が、メイクを再開する。

メイクが終わるまでなにもすることがない優斗は、背筋を伸ばしたまま正面にある鏡に、見るでもなく目を向けた。

開け放したドアの向こうから、セットを組んでいる忙しない音が聞こえてくる。しかし、どのようなセットが組まれているのか知らない。

ウェディング・ドレスを着て撮影すると聞いているだけで、コンセプトも教えてもらっていないから少し不安だった。

「はい、おしまい」

メイクを完成させた男性が立ち上がる。

「終わったよ」

彼が言うと同時に、待ち構えていた女性スタッフが目の前に現れた。

「ベールを被せるから立ってくれる」

椅子から腰を上げた優斗の頭に、引きずるほどに長いレースのベールがかけられる。

レースは透けるほどに薄く、縁が優雅に波打っていた。

「完璧」

正面から眺めた女性スタッフが満足げに微笑む。

「向こうの様子はどう？」

「もう大丈夫そうよ」

「じゃあ、呼ぶわね」

短く言葉を交わした女性スタッフが、部屋を出て行く。

「リュカー、終わりましたよー」

彼女が大きな声をあげてしばらくすると、リュカが姿を現した。

「リュカ、どうして……」

彼の格好に驚き、思わず絶句する。

先ほどまでスーツを着ていた彼が、今は純白のタキシードに身を包んでいるのだ。

「花嫁には花婿が必要だろう？」

当然のように言って微笑んだ彼が、隣に並んでくる。

「さあ、行こう」

「えっ？」

わけがわからず、怪訝な顔で見返す。

「いいから私の腕を取って」

彼が片肘を軽く曲げる。

よくわからないまま彼の腕を取り、並んでスタジオに戻っていく。

雪山のセットに替わり、ひと目で教会とわかる厳粛な雰囲気の大きな扉が造られていた。そして、扉の前にキラキラと輝くきわめて小さな石がびっしりと敷き詰められている。

まるでダイヤモンドのような輝きだが、いくらなんでもこれだけの量を撮影のために用意するとは思えない。

「メレダイヤでもこれだけの量があると輝きが違うだろう？」

「全部、本物なんですか？」

「もちろんだ」

得意げに言ったリュカに、照明に浮かび上がるセットの中央へと導かれていく。

本物のダイヤモンドを踏むことに抵抗があり、すぐ手前で足が止まってしまう。けれど、彼はかまうことなくダイヤモンドの中に足を踏み入れる。彼の腕を取っている優斗はしかたなく彼に続いた。

靴底から伝わってくるジャリッとした感覚に、ひどく気が咎める。たいせつなジュエリーなのに、彼は踏んだりして平気なのだろうかと思って視線を向けてみた。

「ダイヤモンドの海に溺れる花嫁をイメージしたんだ」

笑顔で言われてしまえば納得するしかない。

もともと常人とはかけはなれた感性を持っているのだから、こちらがあれこれ考えても無駄なのだと諦める。

「リュカに任せますから、好きに動いてください」

さっそくカメラマンがカメラを構え、背後に回ってきたリュカが両手でやんわりと抱き締めてくる。

撮影だとわかっていても、妙な恥ずかしさを覚え、頬が引き攣ってきた。

結婚式をイメージしているのだろうから、花嫁は笑ったほうがいいはずだ。とはいえ、笑みなど浮かんでくるはずもない。

「上手く笑えないけど、大丈夫ですか？」

彼を振り返り、小声で訊ねたみた。

「かまわないよ。神の前で愛を誓う緊張から、花嫁は笑うどころではないだろうからね」

そういうことかと、再び彼の言葉に納得し、無理して笑うことをやめる。

「こっちを向いて」

あごに手を添えてきたリュカに、顔を上向かされた。

ブルーグレーの瞳が、強い照明と敷き詰めたダイヤモンドのせいか、いつも以上に魅惑的な輝きを放っている。

ひっきりなしに響くシャッター音が、彼の瞳を見つめていると気にならなくなってきた。

どうしてこんなにも引き込まれてしまうのだろう。一度、捕らえられると、こちらから目を逸らすのが難しくなる。

「座って」

彼を見つめたまま、ダイヤモンドを敷き詰めた床に腰を落としていく。

ちょっとした動きに米粒のように小さなダイヤモンドが、シャラシャラと澄んだ音を奏でる。

少しでも女性らしく見えるように、両の足を横に流してしどけなく座り、リュカを見上げた。

「ユウト……」

しばし見下ろしてきた彼が、目の前に跪いてくる。

さりげなくドレスの脇に置いていた手を取られ、ドキッとする間もなく甲にくちづけられた。

「愛するユウト、私は君なしでは生きて行けない。私の生涯の伴侶《はんりょ》になってくれないか？」

予期せぬ場所でのプロポーズに、優斗は息を呑んでリュカを見返す。

当然のようにスタッフたちがざわめき出す。社長であるリュカが、同性に愛の告白したのだから一大事だろう。けれど、彼はかまわず続けてきた。

「今すぐ答えを聞かせてほしい」

強い煌めきを放つ彼の瞳は、真剣そのものだ。

人前でのプロポーズは、真摯な愛の証明でもある。

恥ずかしいからといって、ここで誤魔化すようなことをしてはいけない気がした。

「僕もあなたを愛しています。生涯をあなたとともに……」

言い終えるより早く、スタジオ中が拍手に包まれる。

「ありがとう」

優斗の肩に手を置いてきたリュカが、喜びに目を細めてくちづけてきた。

「んっ……」

唇を重ねたまま抱き締められ、ダイヤモンドの海に横たわらされる。

撮影中なのにと思うが、どうしても抗えない。

「愛している」

くちづけの合間に囁き、より深く唇を重ねてきた。

搦め捕られた舌を吸われたとたんに体温が高まり、熱に浮かされたようになにも考えられなくなる。

ダイヤモンドが耳元で奏でる、シャラシャラという音しか聞こえてこない。甘いくちづけと清らかな音に溺れていく。

「可愛い私の花嫁……君に出会えて本当によかった……」

くちづけを終えて身体を起こした彼が、優しく頬を撫でながら見つめてくる。

嬉しそうな彼を見て顔を綻ばせた瞬間、シャッターを切る音が鮮明に聞こえ、優斗はハッと我に返って身体を起こす。

「リュカ……」

「撮影は終わりだ。このまま屋敷に行こう」

呆然としている優斗に、彼が手を差し伸べてくる。

今すぐこの場から去りたい思いがある優斗は、彼の手を借りて立ち上がった。

ドレスにまとわりついてきたダイヤモンドが、パラパラと煌めきながら落ちていく。

「いい写真が撮れただろう？」

「もちろんです」

ずっとシャッターを切り続けていたカメラマンが、大きくうなずく。

「写真は明日、みんなでじっくり選ぼう。あとのことは頼んだぞ」

優斗の手を握ったまま、リュカがドアに向かう。

「リュカ、どちらへ？」

ローランから声がかかり、リュカが足を止めて振り返る。

「私は自宅に戻る。連絡は急用の場合だけにしてくれ」

そう言い残し、再びドアに向かって歩き出した。

長いドレスの裾が邪魔で、足を取られそうになる。けれど、気持ちが急いているのか、彼は歩調を緩めてくれず、必死に歩いた。

「写真の仕上がりが楽しみだ」

「今、撮った写真のどれかを広告に使うつもりですか？」

「出来映えによるが、いいのがあればもちろん使うよ」

こともなげに返してきた彼を、訝しげに眉根を寄せて見上げる。

なんだか嫌な予感がした。ウェディング・ドレス姿を見て、本来の自分と結びつけられる人はまずいないだろう。それでも、くちづけ合っている瞬間を使われたら目もあてられない。

「スタッフの意見もちゃんと聞くし、変な写真は使わないから大丈夫だよ」

こちらの不安を感じ取ったのか、彼が安心させるような微笑みを浮かべる。

スタッフの意見を取り入れてくれるのであれば、きっと自分も納得がいく写真を選んでくれるだろう。

「このまま教会に行くというのはどうだ？」

ふと足を止めたリュカが、真顔で訊ねてきた。

クリスチャンではないが、神の前で愛を誓い合えば、神聖な気持ちになれる気がする。

ただ、さすがにドレス姿で行くことには躊躇いがあった。

「この格好ではいやです」

きっぱりと答え、首を大きく横に振る。

「では教会に行くのは後日にしよう。私も今日は一晩中、君を抱いていたい気分だからね」

意味ありげに笑った彼が、廊下の突き当たりにあるドアを開けた。

そこは地下駐車場になっていて、彼のカブリオレが停めてある。この姿で外に出て行くことなく車に乗れるのは幸いだった。

「さあどうぞ」

助手席のドアを開けてくれた彼に促され、大きく膨らんだドレスのスカートを両手でまとめながら乗り込む。

「あっ、幌《ほろ》は閉じてくださいね」

「わかっているよ。私の花嫁は恥ずかしがり屋さんだからね」

冗談めかして運転席に乗ってきた彼が、さっそくエンジンをかけて幌を閉じてくれた。

カブリオレは車体がコンパクトに造られている。幌が開いている状態であれば窮屈さも感じないが、閉じてしまうと圧迫感があった。

けれど、どれほど狭い空間であっても、彼と二人でいれば楽しく、幸せを感じられる。

静かに走り出した車の中でリュカと手を握り合った優斗は、〈ラファラン〉がクリスマスに向けて打ち出す、新作ジュエリーのイメージ・モデルという大役を終えた安堵感、愛し合う二人を祝福してくれたスタッフたちの優しさ、そして、愛する人が隣にいる喜びに浸っていた。

くちづけは二人だけで

短いジャケットの上から斜めがけしている、大きなショルダーバッグを片手で押さえながら、倉科優斗《くらしなゆうと》はシャンゼリゼ大通りを走っていた。

「東吾《とうご》さーん！」

高級宝飾店〈ラファアラン〉の前にいる、スーツにロングコートを羽織った倉科東吾に気づき、名前を呼びながら目立つように高く挙《あ》げた手を振る。

「待たせちゃって、ごめんなさーい」

息せき切って駆けてきた優斗は、肩を上下させながらぺこりと頭を下げる。

陽の高い時間でも、吐き出す息が白い。秋が深まり、冬の気配を感じるようになったパリの街並みは、すでにクリスマス一色になっていた。

「そんなに待ってないよ」

気にしてないと笑った東吾が、〈ラファアラン〉のショーウインドーへと視線を移す。

「このパネルをずっと見てたんだけどさ、この花嫁が優斗だってわかってても、まったくの別人にしか見えないな」

磨き抜かれたガラスの向こう側に飾られているパネルを、彼がしみじみと眺める。

クリスマス・ジュエリーの広告パネルで、婚礼衣装に身を包んだ新郎と新婦が、今まさにくちづけようという瞬間を切り取った写真が使われていた。

新郎役は〈ラファアラン〉の経営者であり、優斗の恋人でもあるリュカ・シリル・ラファアラン、そして、新婦役は男でありながら花嫁姿へと変身させられた優斗だ。

こともあろうに、一番、使ってほしくなかった一枚が、新作クリスマス・ジュエリーのプロモーションにおけるメイン写真として選ばれてしまっていた。

それが知らされたのは、ポスターや雑誌広告の制作に入ってしまったあとのことで、抗議しようにも手遅れだった。

もともと、リュカに懇願されてモデルを引き受けたにすぎず、プロモーション用の写真選びに口を出せる立場でもなく、優斗は泣く泣く諦めたのだ。

「別人に見えないと困るよ」

こちらに視線を戻してきた東吾に、苦笑いを浮かべて見せた。

「で、彼とは上手くいってるのか？」

確かにと笑った彼の顔つきが、にわかに真剣なものへと変わる。

「うん……」

申し訳ない気持ちから、優斗は正直にうなずきながらも唇を噛む。

リュカとの関係を知った東吾から、別れるべきだと諭《さと》され、いったんは別れを決めた優斗も、募る思いを断つことができなかった。

後ろめたい思いがあり、なかなか東吾には本当のことを伝えられなかったが、隠し通せるわけがないと意を決して打ち明けた。

結果、優斗が自分で決断を下したことなのだから、その気持ちを尊重すると東吾は言ってくれたのだ。

それでも、内心では快《こころよ》く思っていないだろうとわかっているだけに、彼を前にするとリュカとつきあっている自分が、ひどく悪いことをしているような気になってしまった。

「まあ、これを見たら愛されてるってわかるよな。優斗に対する愛がダダ漏れって感じだ」

「ダダ漏れって……」

呆れ気味に笑う東吾から意味ありげな視線を向けられ、撮影時を思い出した優斗は顔を真っ赤にして俯く。

「なに照れてるんだ？　こんなすごい人に愛されてるんだから胸を張れよ」

東吾がポンと肩を叩いてくる。

「東吾さん、怒ってないの？」

励ましてきた彼を、おずおずと見返す。

「怒ってないよ。おまえたちの仲に口を出さないと決めた以上は、陰ながら応援してやるか、くらいの気持ちでいるし」

「ありがとう……」

東吾の優しさに胸が熱くなり、涙が溢れそうになってきた。

「こんなところで泣くなよ」

笑いながらいち早く釘を刺され、優斗はグッと涙を堪《こら》える。

嬉しくて抱きつきたい衝動に駆られたが、そんなことをしたらまた窘《たしな》められそうで、こちらもグッと我慢した。

「さあ、昼飯にしよう……この近くに旨いスフレを出すカフェがあるんだ」

先を歩き出した東吾を、慌てて追いかける。

パリで誰よりも頼りにしている彼が、今も自分の味方でいてくれるのはとても心強い。

東吾の言葉に後ろめたさが払拭《ふっしょく》された優斗は、晴れ晴れとした思いでシャンゼリゼ大通りを歩いていた。

＊＊＊＊＊

昼食を終えて東吾と別れた優斗は、〈ラファラン〉の社長室を訪ねてきていた。

プロモーションの写真撮影が終わって以来、初めてのことだ。かなり日が経《た》っていることもあり、社長室でリュカと会うのはちょっと新鮮だった。

とはいえ、優斗とリュカの仲を裂こうとしてきたローランがそばにいるだけに、とてもではないが浮かれた気分になどならない。

ちらりとローランをうかがうと、スイと視線を逸らされてしまう。以前のような鋭さは感じられないものの、条件反射のようにわけもわからず緊張した。

「ユウト、君をモデルにして大正解だった。ポスターや雑誌広告はこれまでにないほど評判がよくてね、ジュエリーの予約注文も上々だよ」

接客用に置かれた贅沢《ぜいたく》なソファで、優雅に脚を組んで座っているリュカが、満面に笑みを浮かべる。

「それで、急遽《きゅうきょ》、新しい企画が持ち上がってね……」

彼が言葉半ばで、脇に立っているローランに片手で合図を送った。

一礼したローランが、持っていたファイルをリュカに手渡す。

「プロモーション用のイメージ・ビデオを作ろうと思うんだ」

彼が膝に置いたファイルに目を落とし、パラパラと捲《めく》っていく。

「ビデオって、まさかテレビ・コマーシャルとかじゃないでしょうね？」

向かい側に座って話を聞いていた優斗は、思わず身を乗り出していた。

自分の仕事はもう終わったはずだ。今さら新たにイメージ・ビデオを作ると言われても困る。なにより、もう女装をしたくない。どれだけ褒《ほ》められても、あんな恥ずかしい思いをするのは二度とごめんだった。

「そうだよ、あらゆる媒体を使って宣伝する」

こともなげに言ってのけたリュカが、広げたファイルをテーブルに下ろし、こちらにツッと滑らせてくる。

すでにイメージ・ビデオの構想は固まっているのか、彼が広げたファールのページには絵コンテが描かれていた。

「僕は嫌です。写真を撮るだけって言ったじゃないですか？」

身を乗り出したまま食ってかかった優斗を、彼がわずかに首を傾げて見返してくる。

「ん？　私は広告のモデルになってほしいと言ったはずだが？」

眉根を寄せているリュカの言葉に、写真撮影だけだと勝手に自分で思い込んでいたのだと気づかされた。

「で……でも、今、新しい企画って言いましたよね？　最初はイメージ・ビデオを撮るつもりはなかったってことじゃないんですか？」

「まあ、君は素人《しろうと》だし、写真だけでいいと思っていたのは確かだ。しかし、これほど評判がいいのに、イメージ・ビデオを撮らない手はないだろう？」

「そんな……」

返す言葉が見つからずに言い淀《よど》んだ優斗は、唇を噛んでリュカを見つめる。

「多少の動きは必要になってくるが、セリフは入れない予定だから難しくないと思う」

「だからって……」

自分に務まるわけがないと言い返そうとしたが、彼に遮《さえぎ》られてしまった。

「私も一緒に出るから、ユウトはなにも心配しなくていい。引き受けてくれるね？」

極上の笑みを浮かべたリュカが、真っ直ぐに見つめてくる。

宥《なだ》め、あやすような口調は、まるで子供を相手にしているかのようだ。それに、無理難題を押しつけてきながら、彼は頭を下げるわけでもなく、少しばかり腹が立つ。

ところが、断りたい気持ちとは裏腹に、彼に見つめられて頼まれると、嫌と言えなくなってしまうのだ。

「はい……」

「ありがとう」

うなずいてしまった自分が情けなく、優斗は苦虫を噛みつぶしたような顔をしていたが、リュカの嬉しそうな笑みを目にしとたん、自然と頬を緩ませていた。

「ローラン、モデルの了解を得たと、さっそく伝えてきてくれ」

「かしこまりました」

リュカから命じられたローランが、一礼して社長室を出て行く。

「ユウト……」

静かに立ち上がったリュカがテーブルを回り込み、優斗の隣に腰を下ろしてくる。

二人きりになるや否や、こちらに席を移してきた彼を、呆れ気味に見返す。

「私の屋敷で暮らす決心はまだつかないのか？」

身体を斜めにして片腕を背もたれに預け、長い脚を組んだ彼から、いつになく真剣な瞳を向けられる。

「それは……」

返答に困って視線を逸《そ》らすと、彼に片手をそっと握られた。

曖昧にできないことだとわかっている優斗は、しかたなく視線を前に戻す。

「私の屋敷にはアトリエ代わりに使える部屋があるのだから、好きなときに好きなだけ絵を描くことができるだろう？　それから、カフェの仕事も辞めたらどうだい？　学費なら私が出してあげるよ」

「あの……いただいたギャラがありますから、家賃や学費くらいは自分で払えます」

とんでもないと小さく首を横に振った。

だいぶ前から、アパートを引き払い、屋敷に引っ越してくるようリュカに勧められている。

一緒に暮らせばそれだけ長い時間を彼と過ごせる。けれど、いくら部屋がたくさんあるからといって、屋敷に世話になることには躊躇《ため》いがあった。

そのうえ、学費まで援助しようというのだから、どうしたらいいかわからなくなる。

自分で選んだ道だから、できるかぎり自分のことは自分でしたい。こういったことで、彼には甘えたくないのだ。

「金銭的なことはともかく、カフェで遅くまで働くのは時間の無駄ではないか？　君は絵を学びにパリまで来た、違うかい？」

「そうです……」

つぶやくように答えた優斗のあごを、彼が片手で捕らえてくる。

「それなら、絵の勉強に時間を割《さ》くべきだろう？　ただ君と一緒にいたいから引っ越してこないかと言ってるわけじゃない、私は君が絵に専念できる環境を作ってあげたいんだよ」

「リュカ……」

大きく目を瞠《みは》って彼を見返す。

彼は自分をそばに置いておきたいだけなのだろうと、安易に考えていたから驚きだった。

自分のためを思って言ってくれていたとわかり、胸が熱くなってくる。

「古くからこのパリには、パトロンを持つ芸術家がたくさんいた。どれほどの才能があったとしても、パトロンなくして芸術家は大成しないと言ってもいいだろう。だから、援助を受けることを恥じる必要はないんだ」

「でも……」

リュカの言葉は理解できるが、素直にうなずき返せない。

売れる画家にならないかぎり、持ち金はどんどん減っていくばかりだ。絵を描く時間が欲しいけれど、生活費を稼ぐためには仕事をしなければならない。いつの時代も、売れない芸術家は苦しみを味わう。

金銭的な援助をしてくれるパトロンの存在は、売れない芸術家や芸術家を目指す者にとって、喉から手が出るほど欲しい存在だ。

頭でそれをわかっていても、リュカと愛し合っている優斗は、彼に頼ることを甘えだと感じてしまうのだ。

「ラファラン家と〈ラファラン〉は、由緒あるその家名とブランドに恥じないよう、代々、あらゆる支援活動に力を入れてきた。芸術家を支援するのもそのひとつだ。なにしろ、ここは芸術の都、パリだからね、これまでに何人も芸術家を支援してきた。だから、ユウトはなにも気にせずカフェの仕事を辞め、私の屋敷で暮らしながら絵に専念してほしい」

遠慮はいらないと言いたげに、彼が優しく微笑む。

援助を申し出てくれたのは、芸術を理解するラファラン家の当主であり、了承するのは恋人に甘えるのとは違うはずだ。

有り難く援助を受け、そして、絵の勉強に身を入れ、早く一人前の画家になる。それが恩返しになるのだろう。

世に名を残してきた芸術家たちの中には、そうした道を歩んできた者もたくさんいるはずだ。

そうした考えに至った優斗は、頑《かたく》なに拒んできた自分が、ただの意地っ張りに思えてきた。

「ありがとうございます。僕……なんてお礼を言ったら……」

「礼などいらない。ユウトがこの先、個展を開くたびに客が殺到するような画家になってくれれば、私はそれだけで満足だ」

あっさりと首を横に振ったリュカが、満面に笑みを浮かべる。

彼に早く恩返しができるように頑張らなければと、優斗は強く心に思う。

「ただ、ユウトが個展を開くには、もっともっと勉強をして、たくさんの絵をかかないといけない。そうだろう？」

「はい」

笑顔でもちろんだと大きくうなずき返す。

援助を申し出てくれた彼のために、時間の許すかぎり絵を描きたい。これからは、それができるのだと思うと、嬉しくてたまらなかった。

「ところで、ひとつだけ守ってほしいことがある」

「なんでしょうか？」

急に神妙な顔つきで言われ、優斗は不思議そうに首を傾げる。

「どれだけ絵に没頭してもかまわないが、私と愛し合う時間は残しておいてほしい」

頬を両手で挟んできた彼が表情を一変させ、愛しげに見つめてきた。

「リュカ……」

和らいだ瞳や、頬に触れる指先から、彼の深い愛が伝わってくる。

愛されていることを実感すると同時に、彼をどんどん好きになっていく。

「夜はいつも一緒にいると約束します」

「いい子だ」

破顔したリュカが、ゆっくりと顔を寄せてくる。

「愛しているよ」

息も触れ合うほどの距離で甘く囁き、舌先で唇を何度かなぞり、そして、くちづけてきた。

「んっ……」

唇が深く重ねられ、すぐさま搦め捕られた舌を強く吸われる。

たったそれだけのことに鳩尾の奥がキュンとし、体温が上がっていく。

「ふ……っ」

ねっとりと舌を搦め合いながら、彼の広い背に両手を回す。リュカと唇を重ねている優斗は、永遠に感じるほどの甘いくちづけに酔いしれていた。

あとがき

みなさまこんにちは、伊郷《いごう》ルウです。

このたびは『ジュエル・ブライド　～花嫁はダイヤモンドの海に溺れる～』をお手にとってくださり、ありがとうございました。


今回は、ゴージャスでロマンティックで、なおかつエロいシンデレラ・ストーリーを目指してみました。

外国を舞台にした作品はこれまでに幾つも書いていて、パリを登場させたこともあります。でも、最初から最後までパリでお話が進む作品は初めてになります。

芸術の都と呼ばれるパリの素敵な雰囲気が、少しでも味わえる仕上がりになっているといいのですが……。

寒い季節のパリといえば「焼き栗」が有名なんですよね。執筆中はすっかり失念していて、今ごろになって思い出しました。

熱々の焼き栗を頬張る優斗を愛しげに見つめるリュカ……こんなシーンを入れたかったなぁ、と後悔しております。

再びパリを舞台にした作品を手がけるようなことがあれば、必ず「焼き栗」を食べるシーンを入れようと思います。

最後になりましたが、本作のイラストを描いてくださいました明神翼《みょうじんつばさ》先生には、心よりの御礼を申し上げます。

素敵なリュカと可愛い優斗は眼福ものです。お忙しい中、美麗なイラストの数々を本当にありがとうございました。

二〇一三年　初冬

伊郷ルウ

Rose Key NOVELS

好　評　発　売　中　！

オーベルジュの婚礼 ～今宵あなたと鐘の音を～

橘かおる

ILLUSTRATION◆明神　翼

Story

感じている君は、艶かしくて色っぽい

芳樹の勤める老舗・帝華ホテルが春日グループに買収された。新支配人と共に現れたシェフは、学生時代片想いしていた苳吾で!?

NOVELS

ローズキーノベルズをお買い上げいただきましてありがとうございます。
この本を読んだご意見、ご感想をお寄せ下さい。

〒162-0814
東京都新宿区新小川町8−7
㈱ブライト出版　ローズキーノベルズ編集部

「伊郷ルウ先生」係　／　「明神　翼先生」係

ジュエル・ブライド ～花嫁はダイヤモンドの海に溺れる～

2013年11月30日　初版発行

‡著者‡
伊郷ルウ

‡発行人‡
柏木浩樹

‡発行元‡
株式会社　ブライト出版
〒162-0813　東京都新宿区東五軒町3−6

‡Tel‡
03-5225-9621
（営業）

‡HP‡
http://www.brite.co.jp

‡印刷所‡
株式会社誠晃印刷

ISBN978-4-86123-285-5 C0293　Printed in JAPAN